Wang Zengqi
Selected Works

《汪曾祺别集》编辑委员会

顾问：汪 明　汪 朝
主编：汪 朗
编委：苏 北　龙 冬　顾建平　徐 强
　　　陶庆梅　杨 早　凌云岚　王树兴
　　　宋丽丽　汪 卉　齐 方　李建新

汪曾祺别集

汪 朗 主编

烧花集

徐 强 编

浙江文艺出版社

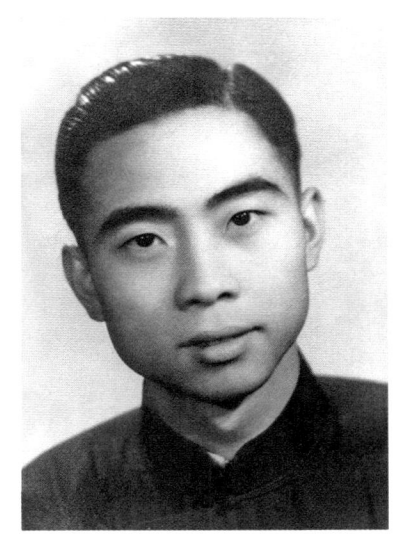

作者,摄于一九四六年

二十世纪四十年代的作者和施松卿

二十世纪五十年代,作者和儿子汪朗

須是大其心使開闊 譬如為九層之臺須大做腳始得

益耀同學存 雪櫳

一九四七年六月，作者在上海致远中学任教时，题赠学生林益耀

出版说明

二〇二〇年是作家汪曾祺先生诞辰一百周年。为纪念汪先生，我们编选了这套《汪曾祺别集》。

汪曾祺的老师沈从文先生辞世后，家属借岳麓书社提议出版沈先生作品的机会，与吉首大学沈从文研究室合作，编选了一套二十册袖珍本集子，并根据汪曾祺先生的建议，定名为《沈从文别集》。这套选本款式朴素大方，编选方面的特别处在于，除了旧作，每本书前面增加了一些杂感、日记、检查、书信，以帮助读者更全面地理解作者和他的作品。

《汪曾祺别集》即参照《沈从文别集》的体例，从目前所见的汪曾祺全部作品中精选出二十册小书，在纪念汪先生的同时，向沈先生致敬。

本书大致依体裁、主题分集，希望在编辑、校订方面尽可能精审，遵循的基本原则如下：

一、以初版本或作者改订本为底本，参校以初刊本，作者手稿、手校本。不论所据底本为何种形式，全书统一为简体横排，标点符号统一为新式标点。

二、底本误植处，据校本或上下文可明确推断所误为何，由编者径改；底本与他本相抵牾而无法判断者一仍其旧。

三、可见作者习惯的异体字不做改动；通假字，侧重记音的方言用字，象声词，及外国人名、地名译法，仍存旧貌；意义完全相同的同一字，及同一人、地、物名，在同一篇内保持一致。

四、在早期作品中，作者习惯使用或现代文学创作中尚不规范的"的"、"地"、"得"、"做"、"作"、"那"、"哪"等词用法，不强做规范处理。

五、全书中的数字，除特殊情况外，统一为中文数字形式。

六、题注、收信人简介以仿宋体排于篇首页页下。正文中作者原注和编者注均以脚注形式标在当页。作者原注排为宋体；编者所做的必要注释以"编者注"字样标出，排为仿宋体。

七、独立成段的引文统一使用仿宋体,另行起排,段首缩进两字。

八、每篇文章的题注以脚注形式标在篇首页,排为仿宋体。所注信息包括初次发表时间、报刊名(初刊),初版图书名(初收)等。涉及的初版图书包括以下版本:

《邂逅集》,文化生活出版社一九四九年四月版;

《羊舍的夜晚》,中国少年儿童出版社一九六三年一月版;

《汪曾祺短篇小说选》,北京出版社一九八二年二月版;

《晚饭花集》,人民文学出版社一九八五年三月版;

《汪曾祺自选集》,漓江出版社一九八七年十月版;

《晚翠文谈》,浙江文艺出版社一九八八年三月版;

《茱萸集》,联合文学出版社一九八八年九月版;

《蒲桥集》,作家出版社一九八九年三月版;

《旅食集》,广东旅游出版社一九九二年四月版;

《世界历史名人画传·释迦牟尼》,江苏教育出版社一九九二年七月版;

《汪曾祺小品》,中国人民大学出版社一九九二年十月版;

《中国当代作家选集丛书·汪曾祺》,人民文学出版社一九九二年十二月版；

《汪曾祺散文随笔选集》，沈阳出版社一九九三年六月版；

《菰蒲深处》，浙江文艺出版社一九九三年六月版；

《榆树村杂记》，中国华侨出版社一九九三年九月版；

《草花集》，成都出版社一九九三年九月版；

《汪曾祺文集》（五卷），江苏文艺出版社一九九三年九月版；

《塔上随笔》，群众出版社一九九三年十一月版；

《中国当代名人随笔·汪曾祺卷》，陕西人民出版社一九九三年十二月版；

《矮纸集》，长江文艺出版社一九九六年三月版；

《逝水》，中国青年出版社一九九六年三月版；

《独坐小品》，宁夏人民出版社一九九六年十一月版；

《去年属马》，北京燕山出版社一九九七年八月版；

《中国当代才子书·汪曾祺卷》，长江文艺出版社一九九七年九月版；

《汪曾祺全集》（八卷），北京师范大学出版社一九九八年八月版；

《汪曾祺全集》（十二卷），人民文学出版社二〇一九年一月版。

题注中只列上述书名,不另标注出版时间和出版社名;《汪曾祺全集》以"北师大版"和"人民文学版"作为区分。

虽已竭尽全力,本书仍可能存在各种问题,期待读者诸君批评指谬。

《汪曾祺别集》编辑委员会
二〇一九年十二月六日

总　序

别集，本来是汪曾祺为老师沈从文的一套书踅摸出的名字，如今用到了他的作品集上。这大概是老头儿生前没想到的。

沈先生的夫人张兆和在《沈从文别集》总序中说："从文生前，曾有过这样愿望，想把自己的作品好好选一下，印一套袖珍本小册子。不在于如何精美漂亮，不在于如何豪华考究，只要字迹清楚，款式朴素大方，看起来舒服。本子小，便于收藏携带，尤其便于翻阅。"这番话，用来描述《汪曾祺别集》的出版宗旨，也十分合适。简单轻便，宜于阅读，是这套书想要达到的目的。当然，最好还能精致一点。

这套书既然叫别集，似乎总得找出点有"别"于"他集"的地方。想来想去，此书之"别"大约有三：

一是文字总量有点儿不上不下。这套书计划出二十本，约二百万字。比起市面上常见的汪曾祺作品选集，字数要多出不少，收录文章数量自然也多，而且小说、散文、文学评论、剧本、书信等各种体裁作品全有，可以比较全面地反映他的创作风格。若是和人民文学出版社新近出版的《汪曾祺全集》相比，《别集》字数又要少许多。《全集》有十二卷，约四百万字，是《别集》的两倍，还收录了许多老头儿未曾结集出版的文章。不过，《全集》因为收文要全，也有不利之处，就是一些文章的内容有重复，特别是老头儿谈文学创作体会的文章。汪曾祺本不是文艺理论家，但出名之后经常要四处瞎白话儿，车轱辘话来回说，最后都收进了《全集》。这也是没办法的事情。《别集》则可以对文章进行筛选，内容会更精当些。就像一篮子菜，择去一部分，品质总归会好一点儿。

二是编排有点儿不伦不类。这套书在每一本的最前面，大都要刊登老头儿几篇与本书有点儿关联的文章，有书信，有序跋，还有他被打成右派的"罪证"和下放劳动时写的思想汇报。在正文之前添加这些"零碎儿"，可以让读者从多个角度了解汪曾祺其文其人。这种方式算不得独创，《沈从文别集》就是这么编排的，只是一般书很少这么做。也算是一别吧。

再有一点，是编者有点儿良莠不齐。这套书的主持者，以五十岁左右的中年人居多，他们大都对汪曾祺的作品有着深入了解，也编过他的作品集。有的当年常和老头儿一起喝酒聊天，把家里存的好酒都喝得差不多了；有的是专攻现当代文学的博士；有的被评为"第一汪迷"；有的参加过《汪曾祺全集》的编辑；有的对他的戏剧创作有专门研究……这些人能够聚在一起编《汪曾祺别集》，质量当然有保证。其中也有跟着混的，北京话叫"塔儿哄"，就是汪曾祺的孙女和外孙女。她们对老头儿的作品虽然有所了解，但是独立编书还差点儿火候。好在大事都有专家把控，她们挂个名，跟着敲敲边鼓，不至于影响《别集》的质量。

这套《汪曾祺别集》是好是坏，还要读者说了算。

汪 朗
二〇一九年十月二十五日

目　录

书信选

致朱奎元　一九四三年□月□日 ——— 1

致朱奎元　一九四四年四月十八日 ——— 2

致朱奎元　一九四四年四月二十四、二十五日 ——— 4

致朱奎元　一九四四年五月九日 ——— 11

致任振邦　一九四四年五月二十二日 ——— 15

致朱奎元　一九四四年五月二十二日 ——— 16

致朱奎元　一九四四年六月九日 ——— 21

致朱奎元　一九四四年六月二十二日 ——— 23

致朱奎元　一九四四年七月□日 ——— 26

致朱奎元　一九四四年七月二十六、二十七日 ——— 29

致朱奎元 一九四四年七月二十九日 ——— 33

致朱奎元 一九四五年六月十七日 ——— 36

散文选

私生活 ——— 41

小贝编 ——— 45

论"世故" ——— 54

家信 ——— 58

家书 ——— 60

烧花集 ——— 63

灌园日记 ——— 66

花·果子·旅行

——日记抄 ——— 69

干荔枝 ——— 74

街上的孩子 ——— 79

风景 ——— 83

"膝行的人"引 ——— 95

他眼睛里有些东西，决非天空 ——— 99

飞的 ——— 105

蔡德惠 ——— 110

室外写生 —— 115

烟与寂寞 —— 118

歌声 —— 121

幡与旌 —— 124

蝴蝶：日记抄 —— 130

背东西的兽物 —— 134

勿忘侬花 —— 142

书《寂寞》后 —— 148

昆明的叫卖缘起 —— 154

礼拜天早晨 —— 159

道具树 —— 168

黑罂粟花
——《李贺歌诗编》读后 —— 172

短篇小说的本质
——在解鞋带和刷牙的时候之四 —— 178

寄到永玉的展览会上 —— 197

"花如灯，亮了" —— 徐强 201

致朱奎元[1] 一九四三年□月□日

奎元：

我大概并未神经过敏：我们之间曾经发生过一点小小不愉快事情。

我两天来一直未能摆脱此事，则知你的生活也未必不受此影响。这点事实与推想，教人明白我们过往这些日子并未白费，证明我们关系并未只是形式。我非常自然的想到你与冯名世。思想范围既已不粘着在那件完全出于偶然事情上，心境便清爽平和得多。而觉得不可避免的冲动实在不应当支持下去。人有比自尊更切需的东西。

我把一向对你的了解在心里从新誊清一次：你的性格，你的生活历程，你近日来的情绪，大概排比一下，对你的言行似乎更能同情。——你觉得"同情"两字有点刺伤你的骄傲么？所幸我自知并未居高临下的说这句话。

另一面，我也尽能力分析一下我自己，也并未懊悔。你相当知道我的随便处与严肃处。知道我对于有些事并不马虎。尤其，我近来感情正为一件事所支配，我愿意自己

---

[1] 朱奎元（一九一五—二〇一一），江苏高邮人。汪曾祺高邮中学同学。先后在菱塘小学、高邮中学、上海同济大学等学校就读，并辗转于云南、台湾等地经商，曾任台湾华通股份有限公司董事长。

对一些理想永远执持不变，并且愿意别人也都不与我的理想冲突。这两天最好我们不谈起有关女孩子事情。

因为想这些事，也联带想起许多别的事。我甚至于想到一生的事情，一切待面谈，写信有时免不去装腔作势。

我十二点钟来找你。怕你明天早晨不在，才写信。

明天也许在决定我生活方向上是一个相当重要的日子：我们系主任罗先生今天跟我说，先修班有班国文，叫我教。明天正式决定。他说是先给我占一个位置，省得明年有问题。这事相当使我高兴。别的都还是小，罗先生对我如此关心惠爱，实在令人感激。联大没有领得文凭就在本校教书的，这恐怕是第一次。

好，十二点钟等我。

曾祺

致朱奎元　一九四四年四月十八日

奎元：

……（缺页）

偶闻吴奎说调笙师已婚娶生二子，兹事前未之闻。则你寓居景况又当与原来设想者稍异。灯下不少谈笑，山头无由杖策，为得为失，诚未可知，李小姐亦是初中同学，或尚依稀记得我小时模样，尝谈及否？

调笙师风采何似，想即略白发，未若我多，问亦思家不。谨为候安。

我被"朋友"逼往南英中学教书。唬小孩子，易易事耳。现已上课半月，不知校方何以忽发奇想，要撤换原有训育主任，以我承替。奎元知我放浪不理政事，且尚计自读书，写我大作，必不应之也。我以"名士派"为辞，愿依然作闲人。

三月之后，缅北，印度雨季收梢，战事将有进展，我仍想各处看看。"门前亲种柳，生意未婆娑"，曾祺非甘老大人，奎元其赞而勉之。事未决成，亦不必为调笙师谈起，然亦不必不为之说起矣。

振邦处一共去了一次，而去了是为了借钱救急。此无人识，吾其将信唯物论！然幸勿为奎元喋喋。

欲赴海口之愿，持之有日，然竟何日始得见阿宁也！我事多为此蹉跎，恨恨，复羞与人言。"固穷"之苦，良非易忍。

陈淑英如何了？曾与振邦言去海口，去海口者，只一句话耳。然奎元不必为此不高兴，女孩子类多如此，一心在口曰唯唯，一口在心旋曰否否。然而《一捧雪》的莫怀古不言之乎："有这两句话，也就是了。"当以读诗心情信其当时之真，不必以看小说心情直指其日后之虚也。你不是曾说过，要回忆，回忆向是断章取义的，欣赏可也。当出之以原谅，且连原谅亦不必也。得作痴人，斯能免俗，此义奎元当笑颔之。

  睡眠不足，营养不良，时亦无烟抽，思酒不得一醉，生果为何事乎？其佳写信。

曾祺　四月十八日

致朱奎元
一九四四年四月二十四、二十五日

奎元：

  你走的那天是几号，我不知道，是星期几我也不清楚，我近来在这些普通事情上越发荒唐的糊涂了，我简直无法推算你走了已经多少时候。幸好你自己一定是记得的。你记得许多事情，这一天恐怕将来任何时候都在你心里有个分量。什么时候我忽然非常强烈的想知道我们分别了多久,你一定能毫不费事的告诉我。我放心得很。我想问的时候一定有,但不知那时还能够问你否。我近来伤感如小儿女,尽爱说这种话,其实也就是说说,不真的死心眼儿望多么远处想。你大概不以为怪吧。

你动身时自己也许还有点兴奋,这点兴奋足以支持你平日明快的动作,就像阴天的太阳,可以教人忘记阴天(太阳只是个比喻,你走时是下点点雨的)。我是一夜未睡,恍恍惚惚的,脑子里如一汪浊水,不能映照什么,当时单看到那点太阳(那些明快的动作)。连动作其实比平日慢了些也不想到,所以还好。振邦怎样,我不知道,我是一车子拉回来就蒙头睡了。那一阵子应当难过的时间既过去,也就没有什么了。人总是这样,一种感情只有一个时候。以后你如果要哭,你就哭,要笑,就笑吧,错过那个神秘的时候,你永远也找不到你原来的那个哭,那个笑!

我自然还是过那种"只堪欣赏"的日子。你知道的,我不是不想振作。可是我现在就像是掉在阴沟里一样,如果我不能确定找到一池清水,一片太阳,我决不想起来去大洗一次。因为平常很少有人看一看阴沟,看一看我,而我一爬出来,势必弄得一身是别人的眼睛了!你不了解我为什么不肯到方家去，到王家去，不肯到学校里去，不肯为你送那张画片？但是除了南院之外，我上面所说地方差不多全去了，我是在一种力量衰弱而为另一种力量驱使时去的。于此可以证明，我并非不要生活，不要幸福。自然，你路上会想到我，比平常想到时更多。平常，我在你的思索中的地位是西伯利亚在俄国，行李毯子在床底下，青菜汤在一桌酒筵上；现在，正是那个时候，你想起我的床，我的头发，我的说话和我的沉默了。所以，我告诉你这些。你希望我下回告诉你另外一些东西，希望我不大想起你那座小楼（因为我常常想起小楼时即表示我常想到那里去，表示我不能用另一个地方代替它）。

我缺少旅行经验，更从未坐过公路车子，不能想象你是如何到了桐梓的。我只能从一些事情连构出你的困难：一个人，行李重，钱不多……这些困难是不可免的，必然的，其他，还有什么意外困难么？昆明这两天还好，没下雨，你路上呢？车子抛锚没有？遇险没有？挨饿没有？招凉没有？这些，你来信自然会说，我不必问。

到了那边怎么样呢？顾先生自然欢迎你，不然你没有理由到那里去。自然也不欢迎你，他信上说得很明白恳切。你必不免麻烦到他，这种出乎意料的事，照例令人快乐，也招人烦恼。我不知道你所遭到的是什么。如果他的招待里有人为成分，希望你不必因此不高兴。如果他明白他的麻烦的代价是非常值得的，以那种小的麻烦换得十分友谊，减少一点寂寞，他会高兴的。

我信到时，你的预定计划不知开了头没有？你必须在计划前再加一笔，就是如何计划实行你的计划。这几天的浪费是必须的，一些零零碎碎事情先得处理好，就像住房子，吃饭，都得弄好，然后你才能念书，才能休息。这些琐屑事情，你比我会处理，大概不会因此生气。你的生活情形自然会告诉我的。

你要我写的文章，一时不能动手。你大概不明白我工作的甘苦。文章本身先是一个麻烦。所写的题目又是一个麻烦。我如果对一个对象没有足以自信的了解，决无能下笔。你有许多方面我还不知道，我知道你不少事情，但其中意义又不能尽明白。我向日虽写小说，但大半只是一种诗，我或借故事表现一种看法，或仅制造一种空气。我的小说里没有人物，因为我的人物只是工具，他们只是风景画里的人物，而不是人物画里的人物。如果我的人物也有性格，那是偶然的事。而这些性格也多半是从我自己身上抄去的。所以我没有答应你一时就写出来。这并不是说我不答应给你写一点东西。你等我自己的手眼进步些，或是改变些，才能给你写个长篇。不然我只能片面的取一点事情写点短东西。而，不论长短，我仍旧不会用我的文字造一个你，你可以从其中找到你就是了。我的迟迟著笔和絮絮申说，无非表示我对于你的希望和我的工作都看得很重。我看重我的工作，也正是看重你的希望。

任振邦自然会写信给你，我要告诉你的事情他自己会说。我对这宗事有点直觉上的悲观。他的"懦弱"实正并不是懦弱，这点我倒是相当欣赏的。现在这点懦弱已经由你、由陈淑英，自然也由他自己除去了，可是我更相信他的事情仍和常见的事一样，在开始之前就结束了。我老实说这回事不是我所向往的，赞赏的。我梦想强烈的爱，强烈的死，因为这正是我不能的，世界上少有的。他的事，跟我的事（不指哪一桩事）是世俗的。这种世俗的事之产生由于不承认每个生命的庄严，由于天生中的嘲讽气质，由于不得已的清高想法，由于神经衰弱，由于阳痿，由于这个世纪的老！你知道我并不反对他的事，正如我不反对我自己的事一样。我所以悲观，正因为这是无可奈何的事。我们能做的，只是在这个整个说起来并不美丽的事情当中寻找一点美丽了。这点美丽一半出于智慧，一半赖乎残余的野性。野性就是天性。我的小说里写的是这种事情，我也以这种事情鼓励人，鼓励我自己。

今天早上做了一个梦，梦见我父亲到昆明来了。他不知怎么迳去找了L家孩子,自然你可以想见昆明在我的梦里着色了,发光了,春天是个完全的春天了。好玩得很。醒来我大回味一气,于是忘了去吃饭,于是饿到下午三点半!这就是我,我是个做梦的人。

吃了饭,在马路旁边沟里看见一个还有一丝气的人。上身穿件灰军装,下面裤子都没有。浑身皮都松了,他不再有一点肉可以让他有"瘦"的荣幸。他躺在那里,连赶去叮在身上的苍蝇的动作都不能做了。他什么欲望都没有了吧,可是他的眼睛还看,眼睛又大又白,他看什么呢?我记得这种眼睛,这也是世界上一种眼睛。英国诗人奥登写一个死尸的眼睛,说"有些东西映在里面,决非天空",我想起这句诗。我能做什么呢?现在他大概硬了,而我在这里写他。我不是说我是写"美丽"的么?

而这回事跟我的梦在一天。

我不知道为什么要告诉你这些。我也想到我的死填沟壑,但我想这些事情,不是因为想到自己的死。你也想到这些事么?你应当想想,虽然我们只能想想。

我好久不写这种散漫的信了。我先后所说各事,都无必然关系。要有关系,除非在你把它们放在你看完之后产生的感想上。这个感想,可能是:这个人是消沉的。

我不知道我是否消沉,但是我愿意说我,不。

好了，我又犯了老毛病了。我这是干什么，我咳嗽了三四天，今天头疼不止，到现在还不睡觉，写这种对于谁也无益处的信！

问候顾先生。

            曾祺

          廿四日夜三时

为你的紫藤花写的那几句东西想改一改，自然一时不会抄了送去，也许永远不会。我的灯罩不知何日动工，至少总得等我不常常饿到三点半的时候。海口自然去不成。任振邦教我常常去玩玩，给他讲讲词，我也没有去，穷得走不动也。你在张静之处小说也没有去取。刚才以为要病倒了，还好，不至于。我怕生病甚于死。死我是不怕的。

信写完，躺下时我记得你是星期六走的，你跟徐锡奎说过"我自然走，我星期六就走！"

            廿五日

致朱奎元　一九四四年五月九日

奎元：

前天晚上十一点多钟文林街上遇见振邦。当然他那天在文林街决不止过了一次了。他问我要不要钱，借了一千元给我。一路走，谈起的不外是那几个人，那几回事，都是熟的。有一桩事，要说也是熟的，可是听是第一次听见。你把这次的旅行真弄成个旅行了？你想还记得，你说过的。一切作风，真是你。你很可以写一篇崭新的论文，"花溪与道德"。我说论文，不说小说，说诗，是尊重这个题目的庄严性。我向来反对开玩笑。我想知道你的行动有些什么"理"作底子。你的故事里浸染了你那种人格。

自然，现在，事的意义作用价值都还与事混在一处，未能泌发出来。那你先说说这个故事。故事如未能周细析说，说说那个人。你让我写文章，这倒是可以写文章了。我要写，一定从你在昆明写起。而且，一定把你写得十分平凡。你愿意如此还是不？

我还是那样。平平静静，连忧愁也极平静。一月来，除了今天烦躁了半点钟，其余都能安心读书作事，不越常规。即是今天，因为连着写了五封不短的信，也差不多烛照清莹，如月如璧了。语或不免过实，但也仿佛不离。教书情形还好，只是钱太少，学生根基不好，劳神又复得失不相偿。但愿这两方面有一方面能渐改好。我读了几本昆虫学书籍，对小东小西更加爱好。这是与平静互为因果的。百忙中居然一月写了三万字，一部分是自传，写我的家，我的教育，我的回忆和"回忆"；另一部分仍是自传，写近一年种种，写那种将成回忆的东西。前一部分平易明白，流活清甜，后一部分晦涩迷离，艰奥如齐梁人体格，所以然者，你很清楚。

唉，要是两件事情不纠着我，我多好。像这样一辈子，大概总应有点成绩。第一，钱。你或许奇怪我应当说，第二，钱。你以为我第一要说别的。诚然，可是说钱者说的是我父亲。穷点苦点，那怕就像现在，抽起码烟，吃起码以下的饭，无所谓。就像前天，没碰到振邦以前我已经饿了（从十一点到十一点）十二小时，而我工作了也比十二小时少不多少。振邦看见我时我笑的，真正的笑，一种"回也不改其乐"的喜悦，（跟你说，不怕自己捧，）他决想不到我没吃着晚饭。就像这样，我能支持。我不能支持的是父亲对我的不关心，甚至不信任。就像跟你的拨钱的事，你万想不到我为之曾茹含几多痛苦。这与你无关，正如你为这笔款子所受痛苦不能怪我一样。你知道我对我父亲是固执地爱着的，可是我跟他说话有时不免孩子气,这足以使他对我不谅解。而且我不能解释,这种误会发生是可悲的,但我只有让时间洗淡它。因为我觉得我一解释即表示我对他(对我)的信任也怀疑了,而且这种事越解释越着痕迹,越解释越增加其严重性。没有别的,我只有忍着。我自己不找人拨钱,要等父亲自动汇钱给我,因为这么一来,一切就冰释了。自然我现在已经过日子不大像人样,必不得已,我只好先拨一点。(我一面跟你这么说,一面我已经想法拨了,虽然是懒懒的,因为我总得活)可是我父亲如果一直不如我所想,自动汇钱给我,我也决不怨他。莫说他不会,当然我和你一样知道他不会。可是他不汇,是因为别的,你可以像我一样制造出许多理由来。对我说假话,也好,莫说一句伤我心的话。而且你说的假话不假,他一定的,一定在他最深的地方,在他的人性、父性,他的最真实的地方有跟我一样的想法。他关心我也信任我,我所以怕他不正因为他曾经是。

我多复杂,多矛盾,你懂我。这些想法,反反正正常拉住我,像哪张电影里的那锅糖,把我粘住了。

现在说第二。第一第二不以轻重分,因为这其间无轻重可言。

我从来没有说过L家孩子一句抱怨的话是吧?现在,我的欢喜更是有增无已。我自从不找她以来就没有找过她。我没有破坏我的约言,(她在曲靖时我写信催她回来,说,回来至少可以不看我这些冒冒失失噜噜苏苏的信)我没有写一个字给她,虽然我是天天想去找她,天天想写信给她的。我常常碰到她,有时莫名其妙的紧张,手指有点抖,有时又像是什么也没有发生过,虽然都不说话,但目光里有的是坦白,亲爱。若是我们两个都是单独的,则相互看着的时间常会长些,而且常是温柔(你莫以为肉麻,我说温柔是别于激动)的笑一笑。我们不像曾经常在一处又为一点心照不宣的事摔开了,倒像是似曾相识,尚未通名,仿佛一有机缘就会接近起来似的。

当然我有一天会去找她。我想她会毫不奇怪的跟我出来。过去那点事本来未曾留什么痕迹,现在当然不必提起。也许再过好些日子,到我们可以像说故事一样说起这一桩事,彼此一定觉得极有意思,大概还要羞着玩。如果我再去找她,一定是像找一个还不怎样认识的人一样,而我的等待,也正是等待那一个时期,像等一只果子熟了。纪德说:

第一的德性:忍耐。

我与纯然的等待全不相干,宁与固执是有点相似的。他算把我说对了。然而,我不是睿智的哲人,我有我的骚乱呵。就像今天半小时(何止!)的烦躁,我有甚理由可以解说。

我这一类话一开头就没有完,你腻烦不?

祝福

曾祺

五月九日

致任振邦[1]　一九四四年五月二十二日

振邦:

奎元来信说你不给他信,他怨而怒矣。你是怎么了?

我想亲来看看你,路这么远,雨这么大,我这么阑珊,一时怕又做不到。

把我写给奎元的信寄给你。一者催你赶快写信,并我信一块寄去。二者,我想让你看看我的信,算代替一次闲谈。望你晓得我一点近事。

---

[1] 任振邦,生平未详。汪曾祺同乡,时在昆明电力局工作。——编者注

下一两期《时与潮文艺》上大概有我的大作发表。

昨天小方夫妇一家子到你那里去了,你怎么不在家,哪里去了?

问好

　　　　　　　　　　　　　曾祺　五月廿二

致朱奎元　一九四四年五月二十二日

奎元:

收到来信,已近一周。我早想给你写信,远在你信到以前就想写了。可是我没有。我试动笔两次,都不知道说了些什么。也是因为近来相当忙碌。我又得教书,又得写文章。教书不易偷懒,我在一个制度之中,在一个希望之中,在一个隐潜的热情环围之中。写文章更不能马虎,我在这上头的习惯你是知道的,你知道我多么矜重于这个工作,我像一个贵族用他的钱一样用我的文字,又要豪华,又要得体,一切必归于恰当。因此,我的手不够用,虽然我的脑子,我的心是太充沛,太丰足,我像一个种田人望着他一地黄金而踌躇。大体上说来我的精神比较你走开时年青得多，我直接触到许多东西，真的，我的手握一个东西也握得紧些了，我躺在床上觉得我的身体与床之间没有空隙，处处贴紧。然而因此我也没法写信。

连烦扰也年青了。

昨天晚上细雨中回来，经过一座临街小楼，楼窗中亮着灯火，灯火中有笑声，我一听就听出来，那是L家孩子。我想，我把手上那个纪念戒指扔进去。我想那戒指落在楼板上，有人捡起来，谁也莫明其妙，她是认得的，……我简直听见戒指落地的声音，可是我一路想着已经到我的巷口了，虽然我的戒指已经褪在手里。

昆明又是雨季了。据说昆明每隔五年，发水一次，今年正是雨多的时候。你还记得我们来昆明那年，翠湖变得又深又阔，青莲街成了一道涧沟，那些情形不？今年又得像那个样子了。那，怎办？

独立小廊前，看小院中各种花木在大雨中样子，一时心中充满忧郁，好像难受，又很舒服，又蹙眉，又笑，一副傻相，一脸聪明，怪极了。

我认识L家孩子正是去年雨季中程未艾时，那个时候就快来了。想想看，快一年了，真快！我住这个小院子里也快一年了。院中各种花一一依次开过，一一落去，院中不住改换颜色，改换气味，这些颜色气味中都似溶有我生命情感在内。现在珠兰的珠子在雨里由绿而白了,我整天不大想出去。远处有鸟雀叫,布谷鸟听来永远熟悉,雨也许小了点,我或许又会漫无目的的出去走走。一切自自然然的就好。

(有一天大雨中我一个人在翠湖里走了一黄昏,弄得一身水,一头水,水直流进我眼睛里去。)

我已经够忙了,但我还要找点事情忙忙。我起始帮一个人编一个报,参与筹谋一切。我的小说一般人不易懂,我要写点通俗文章。除了零碎小文之外,有计划写一套"给女孩子",用温和有趣笔调谈年青女孩子各种问题。现在正在着手。印出来之后寄你看看。

我并未放弃暑假出去走走打算。不过这件事与我的编报不相妨碍。那个主持人很能干,有眼光,我只要看他弄得上路了,随时都可以放手。

密支那克服了,我高兴。不过我不一定到那里去。也许我跟一个人徒步到滇南滇西一带玩去。若能坐驮运车,随处游览,自然也好。

我还是穷。重庆那笔钱已经接洽好,我已经接到家里信,说已送了去,可是那边一直不汇来!不过不要紧,我已经穷出骨头来,这点时候还怕等吗。你只要想我不久就可稍稍阔起来,有两件新大褂,一双皮鞋,一双布鞋,有袜子，有手绢，有纸笔，有书，有烟，有一副不穷的神情，就为我高兴吧。

我想给你买两本书，我知道你要书。即使你不要，我也要寄给你。我不能设想没有书的生活。

你的国文，我以为没有一个具体办法或简便办法很快的弄得很好。不过是多看，多写。而且，乱看乱写。随便什么都可入之于目，出之于手，只要是你喜欢的。因为我们已经大了，所喜欢的即便不是最好的，也是不坏的。而且我像你自己所信任的一样的信任你，你有 taste。

你的信虽然乱些，仍是生动的，言之有物的。

至于文言，那是容易事情。如果你愿意，你可以写点东西，我逐篇看看，改了再给你寄回去。

我十分想念阿宁。我每天想去看 L 家孩子，每星期必想到去看阿宁。你考虑她的教育，自然很是。不过往回一想，又觉得没有什么严重。而且谁能于此为力呢？换一个环境，换一种教育，一定会比这样好些，好得多吗？真正贤明的教育家怕也会踟蹰。

我告诉你，我那笔钱中有一个用处早在计划中了，就是到海口的旅费，阿宁的糖果玩具和书。

昨天路上看到阿宁姨娘，她在车上认出了我，我装作没有看见她，装作我不是我。

我老是装作不是我的。

有一次方继贤太太不是说我没有招呼她吗？我说我没有看见她。我没有看见才怪！

不行了，我要出去走走，虽然雨又大起来了。

你看我的字，我一直没有把心弄得像L家孩子的头发一样平伏，我的心像陈淑英的走路一样。

谢谢你那个用三个人照顾我的心。其实我会照顾自己，只要不穷。我想写两个长篇小说，像这样的生活可没法动笔。能有张静之家西山那座房子住着，我一定写得出来。

把张小姐照片给我看看。我的报出版，文章印出来会寄她一份。

曾祺

五月廿二日

致朱奎元 一九四四年六月九日

奎元：

我心里还是乱的很，本来不想写信。若不是有点事情找你，大概你至少得再等一个星期才会收到我信。（自然写信也不一定在平静时候，可能更短期内，我会想起一点话跟你说，只是不容易说得好，说得有条有理的；虽然你也许从此处能了解我的生活，我的心。）我根本不对现在所写的信抱一点希望，而且我早已很疲倦了，这时候倒是应当读别人来信的。所以，这封信算是"号外"。你等着下回。

第一，我被我的思想转晕了，（你设想思想是一辆破公路上的坏汽车，再想想我那次在近日楼的晕车！）我不知是否该去掉一向不自觉的个人主义倾向，或是更自觉的变成一个个人主义者。或者，我根本逃避一切。话说来简单，而事实上我的交扎情形极端复杂，我弄得没有一个凭对澄清的时候，我的心里的沉淀都搅上来了。

最近的战争也让我不大安定，这个不谈。

我的虚无的恋爱！

报纸事情不大顺利。

我穷得更厉害。

土司请我去作客卿,有人劝我不要去。因为那边法律跟我们不一样,可能七年八年回不来。

……

种种原因,使我的文章都写不下去了。我前些时写的几万字的发表搁置消毁都成了胸中不化的问题。

现在,说我那件"事":

审查处现在是司徒掌大权,陈保泰不大管事。我们这个报不免跟他打交道,他又是专"刻"刊物的。你能否给我写封信给他?再写个介绍信给我,我好去找找他,让他帮帮忙?

陈淑英的恋爱观也许太健康,太现实了。我在振邦处看见她的信,那么一泻无余,了无蕴藉的,令人不能完全欣赏。她说她是"热带人",我觉得热带人应当能燃烧人心,她似乎不大有意如此,而且又不固意不如此。自然我是空话。我近来觉得女孩子都不够深刻,不肯认真。

振邦处我最近去了一次,把你给我的信带给他看看。

我近来不好,对任何人任何事都不能完全欣赏。我渴望着崇拜一个人,一件事。

你见过蛇交么?我心里充满那么不得了的力量。

我的身体是否还好?它能否符合我的心,会不会影响我的心?

我现在是不正常的,莫相信我,我不是英雄主义者。

我想喝酒,痛痛快快的。

激烈的音乐!

我的嘴唇上需要一点压力!

曾祺
六月九日

信寄民强巷四号

致朱奎元　一九四四年六月二十二日

……(缺页)

……厂看看,顾善余知道什么会告诉我,到时候再写信给你。你说要写给陈保泰的那封信,纲目什么时候写好寄给我好了。现在且不必老是想这些。希望你真能休息休息,过几天清净舒服日子。几个德国牧师的宗教思想即使不能影响你,他们的宗教生活,尤其是日常生活,应当能使你比较闲淡一点,潜沉一点。学学挤牛奶,种菜,蒸蛋糕,也许比读几本德文书更对于你有作用。

你觉得你在血属中,只承接母亲的遗传。我觉得不。

我记得以前也跟你说过。上次听你谈起你父亲，我更肯定自己的意见。你和你母亲的关系也许较切较重，但是是较简单的。而你和你父亲在精神上的关系是比较复杂细致一点的。他给你影响不会很强烈鲜明易于看出，易于记得（如你母亲）。但潜移默化之中，他实在融染了你的性格。——自然他的影响于你的，本质上就多是不流露出来的。我想也许你应当看重这一些。这些性格在你做事上会有帮助，在你生活上也会起滋润作用。至少，现在，你似乎就很需要这点性格。你有的，只要你拿出来。我的印象中，你父亲是个好脾气的人，他会喜欢"好玩""好看"的东西。学着他，你不致整天起"燥"。"gentle"这个字，我想与"好玩""好看"是相关的。

曾祺　廿二日

问候许牧师

我有一张上下有油印花边的纸忘记在你那件西装里面口袋里，请寄回给我。

奎元：

廿二日我给你写了一封信，至今尚未寄出。中午到工厂，顾善余却交来你的信，非常高兴。（我年来写信，很少用"非常高兴"这几个字,这回用了,是表示真的非常高兴。)第一,你能动笔写信,足见心境还不坏,能写这种有些人觉得可以不写的信,尤可见心境比在城时好得多。自然十分宁帖还说不上,你不会整天悠闲忘物的,但是我想你每天总有心平气和时候,这种可贵的时候,你不下乡,不会有。再有,你的信虽然很短,写得真算不错。你的眼睛脑子相当够了,所差的也许只是笔,文字。而我觉得文字是不难弄好的。我想起你说过要学写文章的事,你不必认为不可能。自然,我并不劝你成为文章家或文人,你只要为自己写点什么,不为别的人或事。

——我不捧你,比如:"配了白台布上的紫色花纹,我的表更外显得亮了",这一句放在哪篇大作中,也不至逊色。

工厂情形,顾善余想已写信告诉你。陈保泰真有意思,居然想起来要顾善余引见王树年跟王,(王什么?唉,我这记性!)去了,还告诫了一番。那天刚好王什么发疟疾,陈保泰一板正经的"讲演",他在底下不住的抖,情景想来大是好玩!那天,他说起你的事情,都无一句入木三分切中要害的话,无非是"公文程式",最精彩的是"年青人做事哪能这样,你们看我!……"另外还有些极不是一个主管长官该说的话,诸如"工厂里用两三个女人"之类，顾善余教我不要告诉你，我也不想告诉你。不是因为他的顾忌，是觉得写来肮脏，至少与你的"台布，花，同墙上的画"不相称！而且我也没有用心记住。哪一天你回来，大家倒可以当个下流笑话谈谈。真怪，陈先生这种人实在让人起滑稽之感。

你最好还是回来一下，把手续弄弄清，徐燮煊说有一笔账须等你回来报。顾善余也好像有点负不起这个担子。徐先生凡事皆少决断，顾善余问他什么事，他总说等朱先生回来再说。

……（缺页）

致朱奎元 一九四四年七月□日

奎元：

振邦不在家，我偷看了你给他的信，觉得你过得不坏。

我没有更好的法子报告我的生活。只有说，这是一种无法写信的生活。

我近来老是在疲倦之中。你在的时候，我常常开夜车，每天多是睡六七小时，可是我那时的精神并不坏，我的红眼睛里看"□□□",现在,不行啦。我老是忙,老是忙。事情当然也多些,不过真忙的是我的心。我时时有"汩余若将不及兮"之感,时时怕耽误事。真怪,如果我仍然像以前一样浮云般的飘来荡去,未始不可以,可是我不想那么做。即使真在飘荡时我也像一朵被风赶着的云,一朵就要落到地上变成雨的云,我不免感到时间和精神都不够用了。

这一个星期以来,我常常随便倒在什么地方就睡熟了。然后,好像被惊醒似的又跳起来。我不时发一点烧,一点点,不高。还好,不是一定时候,不在下午。

我伤风咳嗽,头昏昏的。

我要安定,要清静。这一向我整天跑,跑市政府,跑印刷局,跑报馆,跑这个那个。我得不偿失,我简直没有念一本过三百页的书,没有念一本好书!

好了,学校马上放假,我比较闲些了。至少第一天晚睡第二天可以不必起早。那时候报可以出版了,以后只须集稿,送审,付排,不用各处求爹爹拜奶奶的。姐姐的钱即可寄到,我另外还可弄得一点钱,我可以稍稍舒服的过点日子。我没有理由那么苦修,是不?没有理由,没有!

当然,我可以看看阿宁去了。我现在忙得连想她的时候都不多了。

当然，我可以给你好好的写信了。

当然，我可以读书，写文章，我可以找我冤家去了。

"干杯干杯"，为我的解渴的幸福"干杯"！

不过事情也许不尽然。第一，我现在很担心战争。你莫笑，我许把自己送到战争里去。我现在变得非常激烈。

再则，那个迤南土司三顾茅庐，竭力望我去。（去做什么，我也不大清楚，大概他自己也不大清楚。）冤家如其仍旧是冤家，我一憋气，许会真到山里作隐士去。瘴气，管它！性命危险，管它！我的"不忠实盲肠"，管它！我的小肠气，我的牙疼，我的青春，管它！

或许，我到军队中作秘书去。

或许，我会到一个大学里教白话文习作去。

或许，什么也不动，不换样子，我还是我，郎当托落，阑阑珊珊！

我想把未完成的"茱萸集"在我不死，不离开，不消极以前写成，让沈二哥从文找个地方印去。

为什么不来信！

为什么瞒我许多事！

我要抱一堆凉滑柔软的玫瑰花瓣子！

曾祺

我冤家病了,我去看了一次,她自然依旧对我那么(不能令我满足的)好。我明天想送她去住院,我的钱一时寄不到,只有向振邦暂借了。

致朱奎元
一九四四年七月二十六、二十七日

奎元:

我近来心境,有时荒凉,有时荒芜。即便偶然开一两朵小花,多憔悴可怜,不堪持玩。而且总被风吹雨打去,摇落凋零得快得很。要果子,连狗奶子那么大一点的都结不出。这期间除了商量汇钱汇付事俗的小条子之外,我简则就没写什么。而正因为那些小条子写得比往日多,我便不能好好给人写一封信。这二者是不能并存的,你知道。我越想写,越写不成。扯了又扯,仍然是些空洞无聊局促肮脏的话,文字感情都不像是我自己的,这种经验你应该也有过。写的时候,自己痛苦,寄了出去,别人看了也痛苦。不必为我的生活和我的精神,就单是那种信的空气,就会让人半天不爽快,半天之内对于花,对于月亮,对于智慧,对于爱,都不大会有兴趣。所以你应该原谅我。你看,我给章紫都没有写信。

刺激我今天写信的,除了你,和我,之外还有张静之。下午,我在头昏,直接侵犯脚趾的泥泞,大褂上的污垢和破洞,白头发和胡子所造成的阴郁中,挟了两本又厚又重的书从北院出来,急急想回去戴上我那顶小帽子坐到廊下,对雨而读。迎面碰到三个女孩子,其中一个是张静之。这时候我是一个人也不想碰见的!但是没有办法,她已经叫了我,问:"联大报名在哪里?"我只好把两本书放回去,陪她们去一趟。一路她问起你,问你有没有信来。我嘴里回答她,心想,可该写一封信了。

我跟她走在一齐实在是个很好看的镜头!你只要想一想,一个不加釉的土罐子旁边放一朵大红玫瑰花。

我昨天晚上喝醉了,吐得一地全是。今天晕晕惚惚的一整天,我是苍白的,无神的,有黑眼圈的,所有的皱纹全深现了的,……

而她呢,藏青毛料夹袍,陈金色砌粉红花的 coat,浅灰鼠色蝉翼丝袜,在我认识她以来,第一次看她穿着得如此豪华,第一次如此配称于她自己。她是新鲜的,夏天上午九点钟的太阳里的瓶供!老实说,今天叫住我的不是她而是她的美。她比以前开得更盛了。这是一个青春的峰顶。她没有胖,各部分全发育得结结实实的,发育得符合她的希望,许多女孩子的希望。她脸上本来不是隐约有点棕色的影子在皮肤底下么?现在,褪尽了,完全是水蜜桃的颜色,她像一个用丝手绢擦了又擦的水蜜桃。我相信她洗脸必极用力,当真右颊近颧骨处有一块表皮似乎特别薄,薄得要破,像桃子皮要破一样。她的口红涂得相当厚,令人起"熟了"的感觉,而且她涂了大红指甲油,这种指甲油是"危险的",她破坏了多少美,而完成的却极不多,在她的手上则是成功的。她走路是大摇大摆的,而今天的脚则简直带点"踢"的意思。一句话,她充满了弹性。她是个压紧了一点的蓓蒂·格拉宝。

我可以料定,考试的那天,一定有好多人想问人"这是谁",她引人注意就像是浑身挂了许多银铃铛的小野兽一样。如果可能,我那天就不躲起来,陪她在联大各处摇她的铃铛。我若不陪她,必定有个山芋干子一样的人陪她。那多不好。我得去作她的"背景",如果没有更合适的。她让我到新邨去玩,过两天我也许去,看我这个冰其骨碌的人还能不能烘一烘。

这孩子简直是头"生马驹",我无法卜测她的命运。

她要读中文系，中文系跟她似乎连不起来。我告诉她"这个是个容易使人老了的系"，她离老还远得很。她是饱满的，不会像王年芳那样四年之中如同过了十年一样。我想起顾善余，他现在还记得她么？

也许是可惜的，她的美似乎全在外面。我相信她不会喜欢却尔斯·鲍育。任一个导演还不会胡涂到这样让却尔斯·鲍育和蓓蒂·格拉宝演一个戏。你记得请她看《乐园思凡》么？——哎，你可别以为我是说我自己像却尔斯·鲍育。

好了，关于张静之应该不再说下去了。她考联大，也就是考了，考完了我就不会看到她了。

昆明的水蜜桃又上市了。今年试植比去年成功得多，我吃了一次，不算最好的。最好的有普通桃子那么大呢。你想得起那种甜么？那种甜味里浸着好多事情。跟你一齐吃过水蜜桃的有哪些人？吴丕勋，顾善余，阿宁，我，还有谁？我们有没有带桃子到西山去过？你前前后后想想，告诉我那时候的事，我记性坏得很。

阿宁大概回去了，我一想起心里就不舒服。

我跟 L 家孩子算吹了，正正式式。决不藕断丝连的。

下学期我下乡教书。

四点钟了，我该睡了。我气色近来坏极了，上次碰到吴奎,他劝我到医院里检查一下,星期天我许跟他一齐去。

昨天我醉酒吐呕时,除了吐了些吃的东西,还吐了一大堆一大堆黏痰,真怪,痰难道是在胃里的?

今天跟你写这封信,已经算难得了。我头疼,恕我把好些该写的话不写进去。明后天再看吧。

你该出来了,实在。

祝福

曾祺

七月廿六日夜

(实已廿七了。写这封信我一枝都没有抽)

致朱奎元　一九四四年七月二十九日

奎元:

我这两天精神居然不坏,今天尤其好,这一下午简直可以算是难得的。这样的时刻,人的一生中也不会有很多次。原因微妙,难以析说,我自己也不大知道。可说者,我理了一次很合意的发,不独令我对头发满意,我将这满意推延到我整个的人，心里一切事皆如头发一样自然，一样服贴，都像我一样的"好看"。幸福，也许就是这么存在的。

你好久好久不给我信了。是生了一点气？但是我这回可不大怕，距离远着呢，你不会怂恿自己把这点别扭夸大"泡开"了。生气自是由于我不打电报不写信。我不要你原谅，因为这不是一件"事"，这是"人"，我从来不就是这样么？我们用"原谅"这一词汇时多是针指对方某一动作，某一言语，而这个动作或言语与他素昔作法不同，比如他本不刺伤人，而这次竟刺伤了，他本不粗俗下流，而这次竟似乎不大高贵。若是这个动作或言语已经是这人一向的风格形式，与这个人不可分，成为他的一部分，或简直是他整个的人了，那么如果不是不必原谅，就是不可原谅的了。我总不是不可原谅的吧？既不是，便也用不着原谅。所以，你应当给我来信了。

我十分肯定的跟你说，你必须离开，离开桐梓，离开那边一切。

我觉得那是个文化低落的地方，因为一个中人意的女人都没有。这是一个绝对的真理，文化是从女人身上可以看出来的。虽然女人不是文化的核心，核心是男人。这很简单，你走到一个城里，只要听一听那个城里的女人说些什么话，用什么样的眼色看人，你就可以断定这座城里有没有图书馆，有没有沙龙。你记得有一次来信说你也陪了许多女人出去玩过么？你只要回想一下那次经验！

那么一个地方，除了打算永久住下去，你不能有一刻不打算走。我不知道你的书念得怎么样了，即便念得很好，你也得离开。如果念得真好，你更该离开：因为你根本不是个念书的人。你之不能念书，正如我之作不了事情。我也还有点好动，正如你也还有时喜欢一个人静处，（像你在紫藤没有开花的时候）但是我的动和你的可不同。你的静是动的间歇，我的静则是动的总和。你必须出来，出来作点事。

你怀疑过自己，当然，像任何一个人。拿破仑也怀疑过自己。人不是神，不是动物，介乎这两者之间，也就永远上下于其间。有时神性升高，有时物情坠落。世界上本来原就不会有一个成功的人。但是我们所追求的也许正是那个失败。人总还应有自信。每个人都应有拿破仑一样的自信，而且应有比他更高的自信。因为拿破仑不过作了那么一点点事，我们比他低能的人若不自信，就怕什么事也作不了了。

我不担心你会狂妄，因为你还有自知。

我也没有希望过你成功，因为成功是个无意义的名词。人比一个字,一个名词所包含意义总要多些。

你有什么留恋的?除非你留恋那点胆怯和自卑。

我饿极了,要去吃饭。不久再写。

我的话说的有点过分,能够过分的时候不多,所以证明这一下午是难得的。

我想拍照去。

你想不想回昆明?

曾祺

七月廿九日

致朱奎元 一九四五年六月十七日

奎元:

我的时间观念一向不大靠得住,简直就不大有观念。计算某一事情,多半用这种方式:我还小,什么花还开着,雨季,上回我理发的时候,……真要用数字推求起来,就毫无办法。最近爱说:一年前。这一年是指我来乡下教书的日子,去年暑假我来,现在像又快到放暑假的时候,应是一年了,于是凡是在未来乡下以前发生的事情都归于一年前。收不到家里的信,和L家孩子在一起,又分开了,整夜不睡觉,……都算在一年前,和你不写信,也在一年前了。这个一年在我意识中实是个很长的时间。并不夸张,犹如隔世。因为一年前的事情都像隔我很远了,那些事情并未延蔓到这一年来,虽然事情的意义仍是不时咀嚼一下的。如鱼饮水,冷暖自知。事有一年,许多烧热痛苦印象都消失了,心里平和安静得多,愿意常提起那些事情,很亲切,很珍贵。

把你的旧信看了一次。觉得你是个有性情人,我想这句话就够了。

很想晓得你近来生活情形,你不必详细说这一年如何,只要把最近的写一点就行了,我愿意从最近的推测较远的。我简直不想提起你的炼钢事业,即在当时,我也久想劝你不必想得那么远,你当时也知道我的意思的,你每次谈话时,我的表情是抑制不住的。可是我尽你说,你也尽让我听,实在很好玩。人靠希望活着,现在还是否跟别人谈起呢?我愿意你还谈谈,虽然也希望你真能成功的。不过谈谈我以为更重要,因为事业是由人做出来的,而谈谈简直就是人,是人本身。你并不以留学计划为一件偶然事情破坏而懊悔,我知道的,但代替那个计划的是什么呢?还那么热心的谈电影,谈头发式样,谈女人衣着,谈翠湖那棵柳树，谈文学，谈许多不像个工程师所谈的东西么？许多事情上，你是有天分的，这种天分恐是一种装饰，一种造成博雅的因素，若不算生活，也是承载生活，维持人的高尚，你不能丢了。

我不愿意提起陈淑英。她对自己不大忠实。女人都不忠实她自己。

自然我要说及漾宁，以一种不舒服心情来说。好像你走了之后我就没有见过她。起先我还常想上她家里去，去问问她姨娘。后来简直不想了，因为知道总不会实现。你知道我在那种圈子里多不合适，现在我的情形，不合适，如情形转好，能像战前，怕也不合适。说真的，有点不大"门当户对"，我只可以跟漾宁单独来往，不与她的家庭，她的社会发生关系，这是可能的么？一个大人和一个小孩子？即是你，当时，对于那个孩子也是个童话性的人物，即不说是神话的吧。你说你跟她们家缔结了什么关系了么？恐怕这个关系只是那个孩子。而你还是那个时候的你呵。我喜欢那个孩子，我为这件事情不好受。有一阵十分想为漾宁写几篇童话故事，不过到我写成时，她恐怕已经在和男孩子恋爱了，那时一定连我的名字也记不起来。想起你时，以为是一个颇奇怪的人，在她一生中如一片光，闪了一下就不见了。关心她的身体，关心她的教育问题，还俨然看到她穿上一身白色夜礼服参加跳舞会的样子,实在都是一种可赞美的,也可悲哀的想头。我现在只想象你的铁路有一天铺到广东,以董事长身份受当地士绅名流招待,在许多淑女名媛中你注目于一个长身玉立,戴一朵白花的,而那个小姐(或是少妇了)心里很奇怪,这个人为什么老看我?或者,我有了一点名气,在一个偶然中于学术界有点地位,到一个大学演讲,作介绍词的正即是陈漾宁女士,我那天说话有点微微零乱了。……一切想来,很好玩有趣,但仍是可赞美的,也可悲哀的。

我在乡下住了一年,比以前更穷,也更孤独,穷不用提,孤独得受不了,且此孤独一半由于穷所造成,此尤为难堪。我一月难得进城一次,最近一次还是五四的时候。我没有找过任振邦,也久久不到冷曦那里去了。我的脾气你是知道的。冷曦将以为我是个不情之人。前些天,她要我画六张"儿童画",我弄了三夜,结果仍是告诉她,我干不了。吴丕勋有一次通知我去上方瑾的坟,我亦因为被困而没有去。其实拚命弄钱是可以的,可是我没那份热心。我生活态度太认真,将成与世无谐。人是否应学学方继贤同鸣鸾一样过日子?"高处不胜寒",近来老有演一次戏的欲望,因为演戏时人多热闹,"道不远人,因道而远人者,非为道也",我应生活得比较平实,比较健康些。

常在学校圈子，日日与书卷接触，人怕要变得古怪得不通人情的。

你和吴丕勋和好了没有？乡下牛很多，我以为牛是极可爱的。你不应对这位牛如此，对别人，对我是可以的。

前些时顾善余到昆明，现在大概还在，他贵阳的厂解散了，到这里来找事的。曾来我这里两趟，一次因事，一次是纯粹友谊的拜访。他来了，让我在"人与人之间"这个题目上想了许久。张太太还邀他上新村"坐坐"，他坐了一次就不再坐了，大概"坐不下去"。张静之在中法大学念书了，还是那个样子，更"饱"了一点。我想起你请她看《乐园思凡》，实在是一件很"滑稽"的事，片子和人太不调和了，请她看看蓓蒂·葛拉宝还差不多。

冯名世有信没有？

想要你一张照片，但你还是不寄给我吧，我一来就弄丢了。

快暑假了，下学期干什么呢？不胜惆怅。

曾祺
六月十七日

私 生 活

图象与教训

在浮着虹的影子的水里（一切物质在这里开始领取生命）投下一块酥松的泥砖，跳上去，快，再投下一块，跳上去，快！在手□的错误的铺设下前进。从起点通过过渡过渡的过度，跳吧，带一点惊慌，同量的镇定。一切运动的目的无非在求疲倦，直到你投下最后一块泥砖，你用复仇的眼睛看它消溶如一块未经压制的吸墨纸，一块看过许多雨天的方糖。

---

* 初刊于一九四一年十二月九日成都《国民公报》，初收于人民文学版《汪曾祺全集》第四卷。

作客的摹想

　　我租一座房子安放自己。很久以前我知道这房子式样很平凡，但也不少其别致处，我知道那房子有数不清的窗子，像海绵的孔。

　　连我的居停都未有机缘一见，我差不多一直就被一个偶然安排在墨绿而银灰的线条的四壁之中，用一种奇异的纸糊住一切可以伸一根牵牛的触须的缝隙，一切光用多坚诚的朝山的苦心来我的眼睛里沉沦呵。

　　我并非不知道我有很多邻舍，他们无声无息的嚣闹着，令我莫明其妙，如落进一个漩涡里，我有时大声咳嗽，打喷嚏，想要他们知道我，但是他们似乎全不注意。一天我忽然走出房门，像一个大病新瘥的那么虚晕。我与邻舍一一见过。

　　一片早安与晚安的声音如早潮与晚潮一时涌向了我。我的眼球转遍了数字以外的度数。

　　外面的空气与里面的完全不同。

　　我很虚怀若谷的逐一叩问他们的姓名。

　　您？——您？——您？——

　　天，他们的答复像一个图章上印出来的。

　　于是我不得不问问自己。

蛊

中年人的游戏大都在没人看见的时候。

（我在中年人前显然比不上他们，在年青人里面则比谁都老一点。）

我有一个回廊，用平滑的大理石砌成，发着透明的热铁投入冷水里后发出蓝色光泽，有郁□的虞美人□瓣子的浮游的图案，这图案是大理石上生就的，决非画上去的，浮游着，如反映在桥的洞里的波浪的光。是无数穹门连缀起来的。深和空弥漫在里面，因为是圆的，所以和天一样高。

我散步在里面，当我把自己完全还给自己以后。（平常我把自己不计价出租给人家）我可以随意划分昼和夜了，因为回廊内有无数不同光度的灯，如清明时节大苗圃里点种树秧的小潭，整整齐齐的排开，有许多开关，像舞台上用的电闸板一样，一伸手即可调节它们，配合成心的需要。

一天，我跨进回廊，开了第一盏灯，最暗与最近的，一只蛾子飞进来了，差不多由我的头发里飞了出来。——后来我发现它觉得和肺病一样，我觉得头上有一个影子的重量。

出于本能,我开了第二盏灯,(第二个距离与第二个强度的)它立刻飞进一点,更清楚了一点。

我又赶快灭这盏灯,灭那盏灯,蛾子总是在最强的光的圆心上飞。

我不知道它落了多少粉在我的回廊里了。

永远辞别暗,追逐光,它是旅程是一支颠来倒去的插在严冰与沸水之间的温度计的水银柱。

我还能散甚么步呢。

小贝编

一,小贝编

窗前这片雨是那朵山头的轻云。
胭脂果重新开出漫山鲜亮的花。
花在你百折的裙裥里等待风信:
昨天花朵下我有我的瓶。
今天我瓶里开了满瓶花。
舀一瓢水也舀一瓢影子:
珊瑚的红完成了绿的海。
珊瑚有港,港有灯塔,有雾。

---

* 初刊于一九四三年四月二十八日、五月一日昆明《大国民报》,初收于人民文学版《汪曾祺全集》第四卷。

洞庭多落叶，树依然是树；

二，小贝杂录

小时候我有一方樱红的水晶，
里头有个小小虫儿，记不得是
金妈妈是碧蟢蟢，整整二十年
了，我才真想起它一回。

鸽子和钟声，好太阳，开窗，金银花香里我有我的小学校。我记得小学校里许多事情，其中最切的两件，姓詹的胖斋夫翦冬青树和我们的书，书大都有字也有画，长大了我颇为它们胡涂过，这些画是解释字的呢，还是字解释画？不知我曾否喜欢过那些字，但至今还是喜欢画的。并且，我的爱画与字无干。起先，画多字少，漫漫的画比较少了，我们自己仿佛也写在那些字里，画在那些画里，和在里头变。因此即使觉得，也不说出；直至说出，才真算觉得。我说"少了"，恐怕那是日后的事，是看惯了没有画的书时的经验了。詹胖子都老了；一排一排的冬青树头翦平了又长圆了，而我们似乎不断的比冬青树矮，冬青树上留名，故事里头没有，但青梧绿竹随处皆有，你看看那些题刻,心下如何?"画少了呢。"这句话太吓人,我从来没听过有人敢大胆说过,倒是有一次放学回来,玩了半天,我忽然想起来告诉姐姐:"我的画也没有颜色了。"姐姐不响,拿过我的书翻了翻,灯下她有个很好思想:"这是多么一个得意;没有颜色可以自己填。"青制服,红帽子,小猫是黄的,小狗也是黄的,所惜者,我们的色牒[1]有限,所幸者,则颜色先有而后有颜色名称;我们常用了我们不知道的颜色。

我想回去,回去看看那些书,那些画,看看填的颜色,也看看有没有还白着的,如果有,刚才我想:我填;现在,我已经想不那么做了,因为我不会那么做的,并且我知道。我想,街上我会碰到詹老头子。

犹之百花丛中你看见一朵花,那是一朵花,等一瓣一瓣描给自己时,便非像适才所见,且恐怕就不是一朵花了。

人在梦里是个疯子,疯人想必不作梦,我有一个梦,梦成一句话:"秋天是一节被删的文章。"梦时不甚了了,当然也就仿佛懂得,知道梦了多少时候,那实在是一个奇妙的结构,没有人,没有声音,灯上取一点,花上取一点,虹上取一点,向百物提来一个概念像合成一片红,这

---

[1] "牒"疑为"碟"。——编者注

片红又赋得一个形式而成了我的梦:天地奄参,当中一条大路,干而且白。路上甚么也没有。有风,但风透明无物。不多近,不多远,他们,——我说是那些命定的标点,一个个站着,高高翻起衣领。这边看看,又看看那边,我笑出来又觉得真不该,我有点难受,半天我没跟人说一句话,寂寞。

另一次,另一个梦,我甚么也不为的兴奋得出奇。白天我劳顿得像行军时拖在后头的矮兵,可是我没有他一样的睡眠:一二一,左右左,这样简单而永无绝断(连环小数一般的)事物挂着我如挂一个摆。七天,整整的七天,我瘦了。你在太阳下烧过纸或是草之类的东西么,你该看见过火上的空气。那跳动的样子,也许像几张糯子纸叠在一处。我那七天常有的感觉便是那样,偶然阖眼,我便做起喝水的梦,我喝得非常舒服,水的冷暖甜咸各有不同。尤其是[1]难以分辨的是那一次一不同的舒服,可是我当时的确非常明白。一句老话,真是"如人饮水"了。(那种舒服,实几近于快乐了)第七夜,我严肃而固执的(不知向谁)说:

"所有的东边都是西边的东边。"

我念着念着,梦里心想莫又忘了,醒来果然竟没有

---

1 "尤其是"疑衍"是"字。——编者注

忘。我想起优钵的花。

一个仙谷开满艳红的大花,一条黑蛇采食百花,酿成毒,想毒死自己。结果蛇是没有了,花尽了,谷中有一蛇长长的毒。所有的东边都是西边的东边。

假若,世上甚么也没有,除了镜子,这些镜子是甚么,它有甚么?

窗子里的窗子

一天,我独自去一个市郊公园去看孔雀。人真少,野渡无人舟自横,我在一个桥上坐了半天,大风里我把一整盒火柴都划亮了,抽烟的欲望还不能满足。孔雀前面我本身是个太古时代。想,检两根孔雀毛回去做个见证,可他偏不落。不落便不落吧,能怨怪谁去。孔雀使我想起向日葵:影转高梧月初出,向日葵不歇的转,虽然谁能说:"你看,它在转呢。"于是它无时不有个正面的影子。(或许是背影。但地上的正背原是一样,亦要不是侧影就成。)一片广场上植满向日葵,那图案是孔雀的翎。我们小学校中做手工时,先生教用铅笔刨花贴在纸上做翦秋罗,其实若做向日葵的影子才真合适。孔雀有蛇一样的颈子,可是它依然不能回头看自己开屏。第一只孔雀把它的悲哀留在水里给我。

然而,一切光荣归诸神!

是的。这是装饰的意义和价值。每天早上,我醒来。好春天,我醒得如此从容,好像未醒之前就知道要醒了,我一切都在醒之前准备好了。我满足而宁静。"幸福",我听见一个声音。窗前鸟唱,我明白那唱的不是鸟。枕上嗅到的,不是香,宁是花。莫问我花为甚么开,花不开在我眼睛里,而我满心喜悦,满心感谢。

有人喜欢花开在瓶里比开在枝上更甚,那是他把他自己开在花里了。一样最美的事物是完整的,因为完整,便是唯一的。一首乐曲使乐曲之外的都消失了。

我信仰"一切不灭",但因此我尊重插花的人。

插花须插向,鬓边斜。你想起甚么呢,创造?

我有一个故事。一个精于卜卦的窑工,造了一只瓶,并卜了一卦。两件事都做得非常秘密。几年之后,这只瓶为一个阀阅豪家买去,供在厅事的几案上。这窑工乔装了一个古董商,常往豪家走动。某天,他很早便叫醒自己,结束停当,去拜见豪家主人,他有那么丰富的知识,字画,器玩。花鸟虫鱼,烟酒歌吹,无一不精;故能把主人留在厅上整整半天。炉香细细,帷幕沉沉,静得像一个闭关的花园,灰尘轻轻地落下来。主人看那窑工(我只能如此称呼他)直视壁上的钟,脸上越来越紧张,越来越严肃,正要叫他,他一摆手,噤住主人的声音,一切全凝固了。忽然,他抖了一下,那要来的事情终于来了:丁,瓶碎了。"呵!"他满眼泪光,走过去,在碎片中寻出一片,细致的凹面上读出一行工整的蓝字:"某年月日时刻分,鼠斗□朽钉毁此瓶!"两声啁啾,使主客都寒噤。

这窑工会从此不造他的瓶了,不卜他的卦了呢,你想?

每一朵花都是两朵,一朵是花;一朵,作为比喻。

可以互相比喻的事物原是很多的,我们的世界是那么大。

我有过一把檀木镂刻的折扇,我早就知道它会散的。

我整天带着它,打开又合拢,我让风从空花中过去,于是从来便是旧了的丝带断了。

我想起"自己"。

一天,我去看一个朋友。他正要出去一会,教我先坐一会。我挑了一张椅子,自己倒了一杯茶。"××来了一封信,在这里",我的信才看了一半时,一个风尘满面的人敲敲门进来了。"是了,"我仿佛听见他心里的话。他一定从街这边看到街那边,(那他一定看到墙上的标点,屋檐下的鸽子,一朵云,一枝花。)才找到他要找的号数。他一只手提了皮箱,另一只手在皮箱上摸来摸去。(他想:总不免的,一开头有点窘,唉,我总是这么局促;但是不妨事,就会好的。)我放下信,觉得该站起来招呼。在他看到那个信封而脸上有点笑意时,我接过他的箱子。这个人是常出门的,他的箱子上嵌有一张名片。我还没看进名片上的字,那人恳切的握了我的手,接着便说起他在路上大略想过一遍的话来。

"令兄的信大概前两天到了。我们,唉,我与令兄是老朋友。

"他的病全好了。现在还住在老地方。

"现在还须要休养休养,一时不会做甚么事。他想整理一点旧稿子。你这里如果有,就给寄出。

"都希望你暑假出[1]玩玩呢。快了,还有不到两个月了。

"车子,嗨,就是车子难找。不过,总有办法,总有办法。"

我一面含含胡胡应答,一面狐疑,这个人是怎么回事呢?一直等他说个尽兴,我给他倒了杯茶,自己也把那杯

---

[1] "出"应为"出去"。——编者注

没有喝的茶端起。嘴里说"一路辛苦了，路不平"，心想怎么应付。忽然，那个信封在我眼前清楚起来，我笑了。

"请坐一坐，他一会儿就回来。"

我细细的喝茶，让茶从我的齿缝间进去。瞟了瞟这位客人的鞋子，想看看他那名片依然没有看清。我那朋友就要来了。他会不会老拿问我的话问这位先生："来了多少时候了？"那可糟，他一定回答不出，有多少人会先看看表坐下来再来等人的。他一直没看表。

你大概都住过旅馆。当茶房把钥匙交给你，你在壁上那面照过无数人的镜子里看一看，你要出去了。门口账房旁边一面大牌子等着你，×××，你会看到自己的名字。我喜欢那一个发见，一个遇合，不啻被人亲切的叫了一声。一个主人，一个客人，多么奇特的身份！我想以后不再在登录册上随便写两个或三个字，虽然事实上我以前也不常这么做。那位先生在皮箱上嵌个名片，他实在可爱得很。

每一个字是故事里算卦人的水晶球，每一个字范围于无穷。我们不能穿在句子里像穿在衣服里，真是！"记得绿罗裙，处处怜芳草"？"马为仰天鸣，风为自萧萧"？不早了，水纹映到柳丝上了。

一九四三年三月十日

小贝 编

论"世故"

"人生在世……"

"时代的巨轮……"

我们在一堆充满符箓性质的文字催眠中长大了。从穿了童子军装在草地上打滚直到插一朵白康乃馨去参加一个夜宴。能够摆脱这一堆文字与其影响（尤其是那些暧暗到自己不肯承认）的实在很少。起先，我们强不知为知，以为这些道理在生活中，一定至少与吃饭穿衣一样重要。其后强知以为不知，服从于既成的习惯，不想到怀疑这些。于是，终于，我们必然的在课卷上写下

"万恶的社会……"

---

* 初刊于一九四三年五月三十日《春秋导报》，署名"余疾"，初收于人民文学版《汪曾祺全集》第四卷。

一个带国文教员的最头疼的事,大概不是学生文理不通顺或错字太多,而是这些拂不散的蚁虫推不开的蛙叫一样的滥调。一个青年人存储在喉头附近最多的词汇应是

黑暗,危险,阴谋。

一想到这些字,他们大都立刻拥有一种颤栗的愉快,一种被迫害的光荣,一种自痛的骄傲,说实话,这一类抽象字眼,真不太容易懂得。一个聪明正常的老年人,在炉火的最后三个火焰前,也许会想想字典上是否有这类字眼存在的必要,消灭这类字眼,或比消灭字眼所代表的事实更重要些。因为这个老年人的脊背可能是教这些字时弯的。因为有了这些字,人必须得又创造一个新的词汇:

"世故"。就是这两个字,在我们额上刻下无数难看的皱纹了:

"少年老成"是一句很普通也很难得的称赞。"他,小孩子吗,丝毫不懂得世故!"这会令被菲薄人的父母寒心,于是其结果,是大家学"世故"。

社会上有一种人,大都事业或事业方向已都确定(不如说是注定)。为公务员,做官,读书,成学者。大都不□有一点名气,一点□□,起居生活规矩如火车时刻表,不会脱节误点。□□□□有一定单位,一定数量。约略与历书相似,自己以为安命顺天,其实是偷生懒惰。在

吃饭生孩子满足一个生物的本能之余，则把生命耗在"世故"上。

他们在某个年龄上，只要不是"断桥"，便会留起胡子，看一点佛经，读太上老君阴骘文，乃至坑□人禅要研究，研究柏拉图。这种人见到人照例点头鞠躬，呵腰摆手。常常助人，但助人由于满足礼佛心理而非由于爱人。不大责人，责人则是表示崇超，并不真细心体贴。同座有人评述一件事，一个人，他总是不动声色，貌似胸有城府而实在是，漆黑一团，无法可说。有人拉他从事一件较有关系运动工作，一字嘿然不声，用超然态度掩饰其□□踟蹰。如其被大家声势所迫，不愿表示自己"落伍"，"保守"，必须在一张宣言草案之类纸张上签名，那他的笔在手中，一定轻抖，心里也许正想如何故意写得不像自己笔迹，以便日后圆赖，够了，这便已经够了。有这些，自然，"成功"永远是他的。

这种人是世界上最多的，他们的一套传统思想，便是"世故"。

"世故"是甚么？是

不向高处飞，不向远处走，也不向深处掘发。守定在一个小圈子内过日子。但是世故的人可太多了：而地球却并未年年增加其面积；这些人各想占据一个地位，那怎么办呢?

"世故"是甚么? 是

守在一个小圈子里过日子,并用最简便的方法过日子。最简便的方法当是占别人便宜,剽窃别人劳力,偷卖别人权利。大家都想如此怎么办?

怎么办呢? 他们的解决办法,还是"世故"。于是"世故"中包含许多算计,倾轧,陷害,本来是可厌的更加上了可恨。本来可弃,现在加上可杀了。

总算"世故"的人懂"世故",不好意思只许自己此如[1]。他们到留了胡子时候,也跟年青人说:社会充满了黑暗,危险,阴谋,社会是万恶的,你们必须"世故"。这个"世故"的意思是"退让","任人剥削"。等这般年青的长大了,多年的媳妇熬成了婆,又如法炮制用这两个字送给下一辈子。"世故"会存在到世界的末日,而世界的末日也就是这两个字造成的。

世界并不黑暗,也不危险,因为世界是我们的。世界上没有阴谋,因为我们没有阴谋。所以,我们用不着"世故",社会并不是万恶的,因为我们不"世故"。

---

[1] "此如"疑为"如此"。——编者注

家　信

（一）

小孩子知道自己已经能走了，该是多么惊喜。从两只盛满爱意的手中解放出来，得到地的经验感觉了□□，那一刻，他实在是一个小狂人，看他笑得那么尽情。到真能离开手时，他认为平坦已经熟知，更来一些新的，他要。于是门槛、台阶，这些世界的边界来接近他，引诱他了。他不知这手脚分工原则，短短的，肥肥的，有环节有涡的，凡可着力处都着了力。莫笑，莫让他为努力与成功含羞。而且只须偷偷的看着就行了，不要露出准备帮忙的样

＊初刊于一九四三年六月十日《春秋导报》，初收于人民文学版《汪曾祺全集》第四卷。

子。好母亲,他跟你一样的敏感呢。为了更加深你的爱,你压制住一点。嘘,你的花,花落在地毯上了:我要提醒你移开你的眼睛了。

(二)

家里很静。但这种静与小学校课堂里的不同。昨天送孩子去上学,我想起我们从前小心藏住自己的声音,就像藏住口袋里一只黄嘴麻雀一样。好在这是有限度的。先生说,你们一齐读吧:

"亚洲的东部……"

"纪元前四百七十一年……"

声音里有共同的欢喜。一面读,一面听:下课铃是世间最响的声音。到了家,孩子是你的了。我只想现在我们是属于静的,静不为我们所有。一种没有起始也没有结果的静,那么温和,那么精致,那么忧郁。

我心里背着各种花名,看能背得多少。

家 书

"又是花园去了,不弄得一身绿不回来。……"

我仿佛躲在窗台下,咬着舌头听过这些话,然后轻轻的蹑足走进房间里,用一个笑等待被发现。忽然从背后抽出一枝花。我喜欢红花,但是抽的一枝玉色的,我的头发乱了,我得去梳,头发软软的,说明一切感觉。

我想我开始留意呵,应是在我们那个花园里。我记不起甚么时候我第一次走到花园里去。但我觉得我那一身绿。我到花园里去,并非想去得到些甚么,好像我就只为了到那里面去。我知道那是我们的家的一部分,而那边却不住人,我就得去,像许多以过程为完成的探险家一样。

---

* 初刊于一九四三年七月二十四日《春秋导报》,初收于人民文学版《汪曾祺全集》第四卷。

我也不知道我在里面做些甚么，可是一进去，就是半天。我们所玩的事物无非还是在家里玩的，但是在家里玩就不会需要那么些时候。

——一身绿，一身绿，那是千真万确的。小孩子对于草的兴趣远比对于花的大得多。草是床，是凳子，可以从心所欲作为一切的东西。我的肘弯膝盖，凡是衣服容易破的地方，沾染草汁尤其甚多。巴根草带红色的茎很顽强，把我的鞋底磨得很滑，还发青黑色的光，我老怀疑巴根草里有铁。但他们不会注视我的鞋底。

我们家里很静。我很能分辨这种静与我们小学校课堂里的静不同，我们小心藏住自己的声音，就像藏住口袋里一个黄嘴的麻雀一样。好在这是有限度的。先生说，你们一齐读罢："亚洲的东边……""纪元前四百七十一年……"我们的声音里有共同的欢喜，一面读，一面听。听下课铃就要响了。可是家里和学校里不同，静不为我们所有，我们是属于静的，一种没有起始也不会结束的静。我是喜欢这种静的，它那么温和，那么精致，又那么忧郁。

甚么都很好。我喜欢父亲翻书的声音，从那声音里，我觉得书页极薄，而且像微干的鸡蛋壳里的那层膜子那么白。青鸰子鸟在青玉池里洗澡了，一团小雾在阳光里，阳光里有一道浅虹。这些，只如水面上的一个水纹，消失与产生一样自然。而晚上，灯光把帘子的影子铺在地上，我常想我在帘影里。似乎我便不在其他之中了。后来我想我至少还在静的里面。

但是我分不出花园里的静与家里的静有甚么不同。虽然我知道，很确信不移，那是不同的。我想找一个理由解释这个不同，可是除了那里面没有人之外，我找不出更好的解释了。

围墙外面是一个狭长的天井。天井两端种了一棵桂花和一棵玉兰。风吹在两棵树的叶子上发出不同的声音，曾经想移到园里去，免得寒天不住掉叶子。祖父说，"老了不行了"，不知哪一年上竟毫无预备的死了。既在生前，也似乎很少开过花。

这个天井是"站砖"铺的，颜色比别处深得多。因为狭长风少，夏天我们不到这里乘凉。用人在这里洗衣服，故终年有肥皂气味。

总之我不喜欢这个地方。不会在这里连缱而把到花园去的念头消化了。有一阵我在这里捉到好些好些黑芦蜂，但我愿把这个记忆放在园里。

烧 花 集

　　一叶落而天下知秋。秋与知是否邈不相关?二而一?管它!落下一片叶子是真的。普天下决不能有两片叶子同时落,然而普天下并是那一个风也。只要是吹的,不管甚么风。风不可捕,我拾起这片叶子。红的么?

　　我的欢情,那一枝……

　　一片寂静的树枝中,有一枝动了,颤巍巍的;韵律与生命合成一体,如钟声。于是我想起,一只小鸟,蹬一蹬,才从这里飞去。静是常,动是变,然而任何一刻是永远。

＊初刊于《建国导报》一九四三年第一卷第一期,初收于人民文学版《汪曾祺全集》第四卷。

"有笑的一刻,就有忆笑的一刻",一笑是无穷。

没有人能够在看到之后才认识。你是跟我的生命一齐来的。"美的定义是引起惊讶与感到舒服";后者是已经熟悉的,前者是将会熟悉的:希望的眼睛与回忆的眼睛有同样的光,因为它们本来是一个。回忆未来的风雨晴晦,你看,天上的云,多真实。

水至清则无鱼,然而历历可数岂非极可喜境界?
——历历可数么?不可能的。一尾,两尾,三,四,虎皮石边,白萍动了,一个水花儿,银鳞翻闪,嗟,红蓼花边的眼睛映一点夕阳如珠,多少了?忘了。单是数本身就是件弄不清的事。"我还没有到能静静分析自己的年龄",永远也到不了。

"想到你的爱特别是一种头脑的爱,一种温情与忠诚的美而智的执著"。芥龙为这句话激恼了。

一枝西番莲以绿象牙的嫩枝自陶缸中吮收水分。一只满载花粉的蜜蜂触动花瓣,垂着细足飞出窗外。幸福可见如十指。

附　烧花集题记

终朝采豆蔻，双目为之香。一切到此成了一个比喻，切实处在其无定无边。虽说了许多话，则与相对嘿无一语差不多少，于是甚好。我本有志学说故事，不知甚么时候想起可以用这样文体作故事引子，一时怕不会放弃。去年雨季写了一点，集为《昆虫书简》，今年雨季又写了《雨季书简》及《蒲桃与钵》，这《烧花集》则不是在淅沥声中写的了。□是一个不同耳，故记之。"烧花"是甚么意思，说法各听尊便可也。谁说过"花如灯，亮了"，我喜欢这句话，然于"烧花"亦自是无可不可。

卅二年十二月二日

灌园日记

朱砂梅与百合

朱砂梅一半开在树上,一半开在瓶里。第一个原因是花的性格,其次才由于人性。这种花每一朵至少有三个星期可见生命,自然谢落之后是不计算在内的,只要一点点水,不把香,红,动,静,总之,它的蕊盛开了,决不肯死,而且它把所有力量倾注于盛开,能多久就多久。

有一种百合花呢,插下来时是一朵蕾儿,裹得那么紧,含着羞,于自己的美;随便搁在哪儿吧,也许出于怜惜,也许出于疏忽的偶然,你,在鬓边,过两天,你已经

---

* 初刊于一九四四年二月二十二日、二十九日昆明《扫荡报·现代文艺》第十三、十五期,初收于人民文学版《汪曾祺全集》第四卷。

忘了这回事,但你的眼睛终会忽然在镜里为惊异注满光和黑。——它开了,开得那么好!

荔　枝

荔枝有鲜红的壳,招呼飞鸣的鸟,而鸟以为那一串串红只宜远处看看,颜色是吃不得的。它不知道那层壳是多么薄,它简直忘了它的嘴是尖的唉,于是果实转因此而自喜。孤宁和密合都是本能。而神又于万物身内分配得那么势均力敌,只要那一方稍弱些,能够看到的便只一面:荔枝壳转黑了,它自己酿成一种隽永的酒味。来,再不来就晚了。

一枝荔枝剥了壳,放在画着收获的盘子里。一直,一直放着。

蝴　蝶

我有两位朋友,各有嗜好,一位毕生搜集各色蝴蝶,另一位则搜集蝴蝶的卷须。每年春天,他们旅行一次。一位自西向东,一位自东向西,某天,他们同时在我的画室里休息。春天真好,我的花在我的园里作我的画室的城。但他们在我这里完全是一个旅客,怎么来,还是怎么走,不带去甚么。

蒲公英和蜜蜂

蒲公英的纤絮扬起,它飞,混和忧愁与快乐,一首歌,一个沉默。从自然领得我所需,我应有的,以我所有的给愿意接受的,于是我把自己又归还自然,于是没有不瞑目的死。

一夜醒来,我的园子成了荒冷的邱地。太多的太阳,太多的月亮,园墙显得一步一步向外移去,我呆了,只不住抚摸异常光滑的锄柄,我长久的想着,实在并未想着甚么,直到一只蜜蜂嘤然唤我如回忆,我醒了。

我起来,(虽然我一直木立)虽然那么费力,我在看看我的井,我重新找到我的,和花的,饮和渴。

卅三年二月四日夜　鸡鸣月落　疏星在极高远处明昧

花·果子·旅行
——日记抄

我想有一个瓶,一个土陶蛋青色厚釉小坛子。

木香附萼的瓣子有一点青色。木香野,不宜插瓶,我今天更觉得,然而我怕也要插一回,知其不可而为,这里没有别的花。

(山上野生牛月菊只有铜钱大,出奇的瘦瘠,不会有人插到草帽上去的。而直到今天我才看见一棵勿忘侬草是真正蓝的,可是只有那么一棵。矢车菊和一种黄色菊科花都如吃杂粮长大的脏孩子,要经过很大的努力与克制才能喜欢它。)

过王家桥,桥头花如雪,在一片墨绿色上。我忽然很

---

* 初刊于一九四六年七月十二日《文汇报》,初收于人民文学版《汪曾祺全集》第四卷。

难过,不喜欢。我要颜色,这跟我旺盛的食欲是同源的。

我要水果。水果!梨,苹果,我不怀念你们。黄熟的香蕉,紫赤的杨梅,蒲桃,呵蒲桃,最好是蒲桃,新摘的,雨后,白亮的磁盘。黄果和橘子,都干瘪了,我只记得皮里的辛味。

精美的食物本身就是欲望。浓厚的酒,深沉的颜色。我要用重重的杯子喝。沉醉是一点也不粗暴的,沉醉极其自然。

我渴望更丰腴的东西,香的,甜的,肉感的。

纪德的书总是那么多骨。我忘不了他的像。

《葛莱齐拉》里有些青的果子,而且是成串的。

(七日)

把梅得赛斯的《银行家和他的太太》和哈尔司法朗司的《吉普赛》嵌在墙上。

说法朗司是最了解人类的笑的,不错。他画的那么准确,一个吉普赛,一个吉普赛的笑。好像这是一个随时可变的笑。不可测的笑。不可测的波希米人。她笑得那么真,那么熟。(狡滑么,多真的狡滑。)

把那个银行家的太太和她放在一起,多滑稽的事!

我把书摊在阳光下,一个极小极小的虫子,比蚜虫还小，珊瑚色的在书叶上疾旋，画碗口大的圈子。我以最大速度用手指画，还是跟不上它，它不停的旋，一个认真的小疯子，我只有望着它摇摇头。

（八日）

我满有夏天的感情。像一个果子渍透了蜜酒。这一种昏晕是醉。我如一只苍蝇在熟透的葡萄上，半天，我不动。我并不望一片叶子遮荫我。

苍蝇在我砚池中吃墨呢，伸长它的嘴，头一点一点的。

我想起海港，金色和绿色的海港，和怀念西方人所描写的东方，盐味和腐烂的果子气味。如果必要，给他一点褐色作为影子吧。

我只坐过一次海船，那时我一切情绪尚未成熟。我不像个旅客，我没有一个烟斗。旅客的袋里有各种果子的余味。一个最穷的旅客袋里必有买三个果子的钱。果汁滴在他襟袖上，不同的斑点。

我想学游泳，下午三点钟。

气压太低，我把门窗都打开。

（九日）

我如一个人在不知名小镇上旅馆中住了几天，意外的逗留，极其忧愁。黄昏时天空作葡萄灰色，如同未干的水彩画。麦田显得深郁得多，暗得多。山色蓝灰。有一个人独立在山巅，轮廓整齐，如同剪出。我并不想爬上去，因为他已经在那里了。

念 N 不已。我不知道这一生中还能跟她散步一次否？

把头放在这本册子上，假如我就这么睡着了，死了，坐在椅子里……

携手跑下山坡，山坡碧绿，坡下花如盛宴……回去，喝瓶里甘凉的水。我们同感到那个凉，彼此了解同样的慰安……风吹着我们，吹着长发向后飘，她的头扬起。……

水从壶里倒出来乃是一种欢悦，杯子很快就满了；满了，是好的。倒水的声音比酒瓶塞子飞出去另是一种感动。

我喝水。把一个绿色小虫子喝下去还不知道，他从我舌头上跳出来。

醒得并不晚，只是不想起来。有甚么唤我呢，没有！一切不再新鲜。叫一个人整天看一片麦田，一片绿，是何等的惩罚！当然不两天，我又会惊异于它的改观，可是这两天它似乎睡了绿，如一个人睡着了老。天仍是极暗闷，不艳丽，也不庄严，病态的沉默。我需要一点花。

我需要花。

抽烟过多，关了门，关了窗。我恨透了这个牌子，一种毫无道理的苦味。

醒来，仍睡，昏昏沉沉的，这在精神上生理上都无好处。

下午出去走了走，空气清润，若经微雨，村前槐花盛开，我忽然蹦蹦跳跳起来。一种解放的快乐。风似乎一经接触我身体即融化了。

听司忒老司音乐，并未专心。

我还没有笑，一整天。只是我无病的身体与好空气造出的愉快，这愉快一时虽贴近我，但没有一种明亮的欢情从我身里透出来。

每天如此，自然会浸入我体内的，但愿。

对于旅行的欲望如是之强烈。

草屋顶上树的影子，太阳是好的。

（十日）

三十四年记。在黄土坡

三十五年抄。在白马庙

干 荔 枝

给"绝无仅有的美好的,不懂事的"。

一、恶 作 剧

每个人都可以说一段很得意的故事,关于自己从前的恶作剧。这些故事常常本来很平淡,为了说得尽兴,听来入神,不惜化零为整,从别人身上挪借许多材料来。或者干脆改头换面的抄一段书;即使同座有人觉察,露出不耐烦样子,也并不大在意,半秒钟的不自然,马上过去了,又淋漓洒落,顾盼生姿的说下去了;当然,更常常,他说的事根本在这个世界上没有发生过。人为甚么易为春无知的感动成狂傲的姑妄听之神情所怂恿呵。这是为甚么,生

﹡初刊于一九四五年七月十四日、十六日《观察报》,初收于人民文学版《汪曾祺全集》第四卷。

活太不出奇了,憋了那么股子劲,得挥发出来;还是无处售脱你的一肚子鬼聪明?

曾经那么爱说点无关大体的谎,爱荒诞和夸张,我说过我有一条黑的,绿的,金的,和一点点紫红色的披风,你也许笑过一阵已经忘记了,我可还记得。然而我告诉你,昨天我们在街上看见的那个大学生给那个瞎子帽子上插了一朵碗大的大红蜀葵花,引得一街人那么愚蠢的笑了半天,我告诉你,我可实在不发生兴趣。给那个大学生狠狠的两个耳光多好呵。

你说我老了?也罢,我是老了。年青人的愤怒不会有那么深刻的。——甚么!小鬼,你说如果真打了那个东西,(打了那一街的人)倒是很有趣的事,而你一边说着一边整理你方才大笑时摇动得披下来的头发,把一根夹针咬在嘴里!

二、波斯菊

问我为甚么忽然悄然笑起来,这个笑来得极快,消逝得可怜:我想起一个先生戏称我为"审美家",想起波斯菊。

你喜欢这个名字么？我知道你在心里念了一次，你的嘴唇动了一下。"波斯——菊"，这唤起你眼睛里的浪漫情趣。我就因为其"名佳"，去掐了一把。花一大片，远望如一个女子中学，或如你们的甚么游园会，总而言之，像梦。（这个字我有四年不用了。）因为早晨太阳晒着，闲得快乐，下点雨，就有点愁，又都处处有点无可奈何，难以捉摸。因为很单纯，很温软。（别跳你的眉毛！）当时我看到甚么都比后来美些，看到甚么都联想到一个人。一个老实认真的写实主义小说家一定在他的大作里写：他掐了一把他的联想和爱情回去了。掐花回去，一插在个绿陶壶里，靠一个小小剔红盒子旁边。我抽了一根烟，不时拨弄一朵两朵花，让它攒三聚五的成一格局。到都成了"一瓶"，都安适妥帖了，我已抽了三根烟了。小院子静得很，听见那条卷毛小狗出出进进走了几次，蜜蜂在檐前唱，垂丝海棠瓣子落在蛛网上。等着，来了。

"刚才有人看见你？"

"去掐花的。"

花含笑，十分调皮，绯红色。

"可一点都不好看。"

让波斯菊一瓣一瓣的落罢。就这么轻描淡写的过去了。现在又到了暑假的时候，下起雨来了，我简直不想出去，很希望有人写信给我，有人送点好吃东西。门前有人乱七八糟的洒下许多花种，走了半月，又回来看了一次，花出了好多。自然，你算聪明，知道了：他指着一棵花苗，问我是甚么，那是波斯菊。

好了，我编了一篇故事，你不三天就可以来，来看波斯菊了，哈哈。

三、遗　憾

我和一个朋友对坐，共一根蜡烛，各看一本书，有时谈一两句话，以不影响看书为限度。我们服从于此不成文法，因为它给我们许多方便。我笑了笑，他问"怎么了？"我想起一首旧诗。（未想起诗的音节，想起那诗的趣味。）

我说，一个不穿衣服的脏孩子，浑身都脏，成鼻烟色，极匀均，发光，大眼睛，红嘴唇，这孩子用一枝盛开的梨花退着打一条狗（我失去给狗一个颜色的胆子了），梨花纷纷舞落。这是多么好的画题。我用这幅画写，一首诗。诗题"春天"，结尾是：

　　看人放风筝放也放不上，
　　独自玩弄着比喻和牙疼。

谁也不欣赏。

　　　　　　　　　　　　　　　　　　　　七月八日

街上的孩子

一

街上看见小儿祈雨,二十多个孩子,大的十来岁,最小的才四五岁,抬着两顶柏枝扎成的亭子轿子之类东西,里面烧香,香烟从密密的柏叶之间袅袅透出,气味极浓。前面几个敲糖锣小鼓,多半徒手。敲小鼓的两个,他们很想敲出一个调子,可是老有参差。看他们眼睛,他们为此苦恼。一心努力于维持凑合那个节奏,似已忘却一切。到别人同声高唱那支求雨的歌谣时,便赶紧煞住鼓声和着一起唱。当大人一说"求雨去",这声音熏沐他们,让他

＊初刊于一九四六年九月三十日《文汇报》,初收于人民文学版《汪曾祺全集》第四卷。

们结晶。这使他们快乐,一种难得的不凡的经验,一种享受。而从享受,从忘记一切的沉酣状态正可以引出热诚。他们念"小小儿童哭哀哀,撒下秧苗不得栽",是倾全部感情而叫出来的,他们全身肌肉都颤动。这些孩子脸上都有一种怪样的严肃,一种悲剧的严肃,好像正做着一件了不起的事。这些香烟,柏枝,哑哑的锣鼓,这支简单的歌,这穿在纷乱喧闹中的一股为一种"神圣"所聚的力,像大海中一股暗流,这在他们身上产生一种近似疯狂的情绪。

二

自从一个学生物的朋友告诉我,蝗虫有五只眼睛,两只复眼,(复眼,想想我第一次知道这个东西的时候!)三只单眼,我就一直很想告诉一个孩子。

我们在大街上,在武成路,晚上八点钟,正是最热闹的时候,我们一路走过来,一路东张西望。我们发现许多很有趣的事情。我们同时驻足了:两个孩子,在八点多钟的武成路,在汽车,无线电,电灯,在黄色显得是纯白,红色发了一点紫的武成路边上,两个孩子蹲着。他们蹲在那里，正像蹲在一棵大树的阴影底下，在一边潺潺的溪水旁边一样。他们干甚么？嘿，他们在找石缝里的土狗子哩！

三

我们在小西门外一个小酒馆的檐外看见一个卖种子的。他有不少种子，扁豆，油菜，葫芦，丝瓜，包谷，甜椒，茄子，还有那种开美丽蓝色单瓣小花，结了籽儿乡下人放在粑粑里吃的东西，许多不知名，不认识的东西，每一样都极其干净漂亮，有乡下人来买，用手点点这个抓抓那个，卖的人就跟着看看这，看看那，彼此细细的谈着。这些种子把他们沟通起来。他们正在合作，共同完成一个爱情，爱那些种子。他们依照他们习惯，都蹲着，都抽金堂叶子烟。你正说，总觉得卖种子的比一般乡下人要"高"，一种令人感动的职业，而我们一回头，我们看见另外一件事。

一个大约十四五岁孩子，坐在他家米铺子门前堆积的米包上，他面前四五尺人行道上有一张对折的关金券。从那孩子的脸上蹊跷表情，你发现那张票子拴了一根黑线，线牵在那孩子藏在背后的手里。我们看了半天,并未有人去捡,有几个人经过,都没看见。那孩子(孩子!)始终挂一脸那种古怪表情,他等待胜利,一个狂喜就要炸出来,不大禁压得住,他用力闭他的嘴,嘴角刻纹,他颔下肌肉都紧张了。他的自满(自满于杰作的发明?)比谲秘多。这孩子!无疑有一种魔鬼的聪明。我简直不知对他怎么好。我想刷他一个耳光么?没有,我没有。真是,见你的鬼,我走了!

六月十八日　昆明

风　景

一、堂　倌

我从来没有吃过好坛子肉，我以为坛子里烧的肉根本没有甚么道理。但我所以不喜欢上东福居倒不是因为不欣赏他们家的肉。年轻人而不能吃点肥肥的东西，大概要算是不正常的。在学校里吃包饭，过个十天半月，都有人要拖出一件衣服，挟两本书出去，换成钱。上馆子里补一下。一商量，大家都赞成东福居，因为东福居便宜，有"真正的肉"。可是我不赞成。不是闹别扭，坛子肉总是个肉，而且他们那儿的馒头真不小。我不赞成的原因是

＊初刊于一九四六年十月二十五日、二十六日《文汇报》，初收于北师大版《汪曾祺全集》第三卷。

那儿的一个堂倌。自从我注意上这个堂倌之后,我就不想去。也许现在我之对坛子肉失去兴趣与那个堂倌多少有点关系。这我自己也闹不清。我那么一说,大家知道颇能体谅,以后就换了一家。

在馆子里吃东西而闹脾气是最无聊的事。人在吃的时候本已不能怎么好看,容易教人想起野兽和地狱。(我曾见过一个瞎子吃东西,可怕极了。他是"完全"看不见。幸好我们还有一双眼睛!)再加上吼啸,加上粗脖子红脸暴青筋,加上拍桌子打板凳,加上骂人,毫无学问的,不讲技巧的骂人,真是不堪入画。于是堂倌来了,"你啦你啦"陪笑脸。不行,赶紧,掌柜挪着碎步子(可怜他那双包在脚布里的八字脚),呵着腰,跟着客人骂,"岂有此理,是,混蛋,花钱是要吃对味的!"得,把先生武装带取下来,拧毛巾,送出大门,于是,大家做鬼脸,说两句俏皮话,泔水缸冒泡子,菜里没有"青香"了,聊以解嘲。这种种令人觉得生之悲哀。这,那一家都有,我们见惯了,最多少吃半个馒头,然而,要是在饭馆里混一辈子?……

这个堂倌,他是个方脸,下颚很大,像削出来的。他剪平头,头发老是那么不长不短。他老穿一件白布短衫。天冷了,他也穿长的,深色的,冬天甚至他也穿得厚厚的。然而换来换去,他总是那个样子。他像是总穿一件衣裳,衣裳不能改变他甚么。他衣裳总是干干净净。——我真希望他能够脏一点。他决不是自己对干干净净有兴趣。简直说,他对世界一切不感兴趣。他一定有个家的,我想他从不高兴抱抱他孩子。孩子他抱的,他太太让他抱,他就抱。馆子生意好,他进账不错。可是拿到钱他也不欢喜。他不抽烟,也不喝酒!他看到别人笑,别人丧气,他毫无表情。他身子大大的,肩膀阔,可是他透出一种说不出来的疲倦,一种深沉的疲倦。座上客人,花花绿绿,发亮的,闪光的,醉人的香,刺鼻的味,他都无动于中。他眼睛空漠漠的,不看任何人。他在嘈乱之中来去,他不是走,是移动。他对他的客人,不是恨,也不轻蔑,他讨厌。连讨厌也没有了,好像教许多蚊子围了一夜的人,根本他不大在意了。他让我想起死!

"坛子肉,"

"唔。"

"小肚,"

"唔。"

"鸡丝拉皮,花生米辣白菜,……"

"唔。"

"爆羊肚,糖醋里肌,——"

"唔。"

"鸡血酸辣汤!"

"唔。"

说甚么他都是那么一个平平的,不高,不低,不粗,不细,不带感情,不作一点装饰的"唔"。这个声音让我激动。我相信我不大忍的住了,我那个鸡血酸辣汤是狂叫出来的。结果怎么样?我们叫了水饺,他也唔,而等了半天(我不怕等,我吃饭常一边看书一边吃,毫不着急,今日我就带了书来的)。座上客人换了一批又一批,水饺不见来。我们总不能一直坐下去,叫他!

"水饺呢?"

"没有水饺。"

"那你不说?"

"我对不起你。"

他方脸上一点不走样,眼睛里仍是空漠漠的。我有点抖,我充满一种莫明其妙的痛苦。

二、人

我在香港时全像一根落在泥水里的鸡毛。没有话说,我沾湿了，弄脏了，不成样子。忧郁，一种毫无意义的忧郁。我一定非常丑，我脸上线条零乱芜杂，我动作委靡鄙陋，我不跟人说话，我若一开口一定不知所云！我真不知道我怎么把自己糟塌到这种地步。是的，我穷，我口袋里钱少得我要不时摸一摸它，我随时害怕万一摔了一交把人家橱窗打破了怎么办，……但我穷的不止是钱，我失去我的圆光了。我整天蹲在一家老旧的栈房里，感情麻木，思想昏钝，揩揩这个天空吧，抽去电车轨，把这些招牌摘去，叫这些人走路从容些，请一批音乐家来教小贩唱歌，不要尽他们直着脖子叫。而浑浊的海水拍过来，拍过来。

绿的叶子，芋头，两颗芋头！居然在栈房屋顶平台上有两颗芋头。在一个角落里，一堆煤屑上，两颗芋头，摇着厚重深沉的叶子，我在香港第一次看见风。你知道我当时的感动。而因此，我想起，我们在德辅道中发现的那个人来。

在邮局大楼侧面地下室的窗穵下，他盘膝而坐，他用一点竹篾子编几只玩意，一只鸟，一个虾，一头蛤蟆。人来，人往，各种腿在他面前跨过去，一口痰唾落下来，嘎啦啦一个空罐头踢过去，他一根一根编缀，按步就班，不疾不缓。不论在工作，在休息，他脸上透出一种深思，这种深思，已成习惯。我见过他吃饭，他一点一点摘一个淡面包吃，他吃得极慢，脸上还保持那种深思的神色，平静而和穆。

三、理 发 师

我有个长辈，每剪一次指甲，总好好的保存起来。我于是总怕他死。人死了，留下一堆指甲，多恶心的事！这种心理真是难于了解。人为甚么对自己身上长出来的东西那么爱惜呢？也真是怪，说起鬼物来，尤其是书上，都有极长的指甲。这大概中外都差不多。同样也是长的，是头发。头发指甲之所以可怕，大概正因为是表示生命的（有人告诉我，死了之后指甲头发都还能长）。人大概隐隐中有一种对生命的恐惧。于是我想起自己的不爱理发。我一觉察我的思想要引到一个方向去，且将得到一个甚么不通的结论，我就赶紧把它叫回来。没有那个事，我之不理发与生啊死的都无关系。

也不知是谁给理发店订了那么个特别标记，一根圆柱上画出红蓝白三色相间的旋纹。这给人一种眩晕感觉。若是通上电，不歇的转，那就更教人不舒服。这自然让你想起生活的纷扰来。但有一次我真教这东西给了我欢喜。一天晚上，铺子都关了，街上已断行人，路灯照着空荡荡的马路，而远远的一个理发店标记，在冷静之中孤伶伶地动。这一下子把你跟世界拉得很近，犹如大漠孤烟。理发店的标记与理发店是一个巧合。这个东西的来源如何，与其问一个社会人类学专家，不如请一个诗人把他的想像告诉我们。这个东西很能说明理发店的意义，不论那一方面的。我大概不能住在木桶里晒太阳，我不想建议把天下理发店都取消。

理发这一行，大概由来颇久，是一种很古的职业。我颇欲知道他们的祖师是谁，打听迄今，尚未明白。他们的社会地位，本来似乎不大高。凡理发师，多世代相承，很少改业出头的。这是一种注定的卑微了。所以一到过年，他们门楣上多贴"顶上生涯"四字，这是一种消极反抗，也正宣说出他们的委曲。别的地方怎样的，我不清楚，我们那里理发师大都兼做吹鼓手。凡剃头人家子弟必先练习敲铜锣手鼓，跟在喜丧阵仗中走个几年，到会吹唢呐笛子时，剃头手艺也同时学成了。吹鼓手呢，更是一种供驱走人物了，是姑娘们所不愿嫁的。故乡童谣唱道：

姑娘姑娘真不丑，

一嫁嫁个吹鼓手：

吃人家饭，喝人家酒，

坐人家大门口!

其中"吃人家饭,喝人家酒",也有唱为"吃冷饭,吃冷酒"的,我无从辨订到底该怎样的。且刻划各有尖刻辛酸,亦难以评其优劣,自然理发师(即吹鼓手)老婆总会娶到一个的,而且常常年轻好看。原因是理发师都干干净净,会打扮收拾;知音识曲,懂得风情;且因生活磨练,脾性柔和;谨谨慎慎的,穿吃不会成大问题,聪明的女孩子愿意嫁这么一个男人的也有。并多能敬重丈夫,不以坐人家大门口为意。若在大街上听着他在队仗中滴溜溜吹得精熟出色,心里可能还极感激快慰。事实上这个职业被目为低贱,全是一个错误制度所产生的荒谬看法。一个职业,都有它的高贵。理发店的春联"走进来乌纱宰相,摇出去白面书生",文雅一点的则是"不教白发催人老,更喜春风满面生",说得切当。小时候我极高兴到一个理发店里坐坐,他们忙碌时我还为拉那种纸糊的风扇。小时候我对理发店是喜欢的。

等我岁数稍大,世界变了,各种行业也跟着变。社会已不复是原来的社会。差异虽不太大,亦不为小。其间有些行业升腾了,有些低落下来。有些名目虽一般,性质却已改换。始终依父兄门风、师傅传授,照老法子工作,老法子生活的,大概已颇不多。一个内地小城中也只有铜匠的、锡匠的特别响器,瞎子的铛,阉鸡阉猪人的糖锣,带给人一分悠远从容感觉。走在路上,间或也能见一个钉碗的,之故之故拉他的金钢钻;一个补锅的,用一个布卷在灰上一揉,托起一小勺殷红的熔铁,嗞的一声焊在一口三眼灶大衮锅上;一个皮匠,把刀在他的脑后头发桩子上光一光,这可以让你看半天。你看他们工作,也看他们人。他们是一种"遗民",永远固执而沉默的慢慢的走,让你觉得许多事情值得深思。这好像扯得有点嫌远了。我只是想变动得失于调节,是不是一个问题。自然医治失调症的药,也只有继续听他变。这问题不简单,不是我们这个常识脑子弄得清楚的。遗憾的是,卷在那个波浪里,似乎所有理发师都变了气质,即使在小城里,理发师早已不是那种谦抑的,带一点悲哀的人物了。理发店也不复是笼布温和的,在黄昏中照着一块阳光的地方了。这见仁见智,不妨各有看法。而我私人有时是颇为不甘心的。

现在的理发师,虽仍是老理发师后代,但这个职业已经"革新"过了。现在的理发业,和那个特别标记一样是外国来的。这些理发店与"摩登"这个名词不可分,且俨然是构成"摩登"的一部分,是"摩登"本身。在一个都市里,他们的势力很大,他们可以随便教整个都市改观,只要在那里多绕一个圈子,把那里的一卷翻得更高些。嗐,理发店里玩意儿真多，日新月异，愈出愈奇。这些东西，不但形状不凡，发出来的声音也十分复杂，营营扎扎，呜呜拉拉。前前后后，镜子一层又一层反射，愈益加重其紧张与一种恐怖。许多摩登人坐在里面，或搔首弄姿，顾盼自怜，越看越美；或小不如意，怒形于色，脸色铁青；焦躁，疲倦，不安，装模作样。理发师呢，把两个嘴角向上拉，拉，唉，不行，又落下去了！他四处找剪子，找呀找，剪子明明在手边小几上，他可茫茫然，已经忘记他找的是甚么东西了，这时他不像个理发师。而忽然醒来了，操起剪子克叉克叉动作起来。他面前一个一个头，这个头有几根白发，那个秃了一块，嗨，这光得像个枣核儿，那一个，怎么回事，他像是才理了出去的？克叉克叉，他耍着剪子，忽然，他停住了，他努目而看着那个头，且用手拨弄拨弄，仿佛那个头上有个大蚂蚁窝，成千成万蚂蚁爬出来！

于是我总不大愿意上理发店。但还不是真正原因。怕上理发店是"逃避现实"，逃避现实不好。我相信我神经还不衰落，很可以"面对"。而且你不见我还能在理发店里看风景么？我至少比那些理发师耐得住。不想理发的最大原因，真正原因，是他们不会理发，理得不好。我有时落落拓拓，容易为人误认为是一个不爱惜自己形容的人，实在我可比许多人更讲究。这些理发师既不能发挥自己才能，运巧思；也不善利用材料，不爱我的头。他们只是一种器具使用者，而我们的头便不论生张熟李，弄成一式一样，完全机器出品。一经理发，回来照照镜子，我已不复是我，认不得自己了，镜子里是一个浮滑恶俗的人。每一次，我都愤恼十分，心里充满诅咒，到稍稍平息时，觉得我当初实在应当学理发去，我可以做得很好，至少比我写文章有把握得多。不过假使我真是理发师……会有人来理发，我会为他们理发？

人不可以太倔强，活在世界上，一方面须要认真，有时候只能无所谓。悲哉。所以我常常妥协，随便一个甚么理发店，钻进去就是。理发师问我这个那个，我只说"随你！"忍心把一个头交给他了。

我一生有一次理了一个极好的发。在昆明一个小理发店。店里有五个座位，师傅只有一个。不是时候，别的出去了。这师傅相貌极好。他的手艺与任何人相似，也与任何人有不同处：每一剪子都有说不出来的好处，不夸张（这是一般理发师习气），不苟且（这是一般理发师根性），真是奏刀骤然，音节轻快悦耳。他自己也流溢一种得意快乐。我心想，这是个天才。那是一个秋天，理发店窗前一盆蠮爪[1]菊花，黄灿灿的。好天气。

卅五年十月十四日写成，上海。

---

1 "蠮爪"疑为"蟹爪"。——编者注

"膝行的人"引

……我还是一直常常想起"移植"。纪德与巴雷士打了那么一场笔墨官司，实在是很有意思的事。他们这回好像非把对方掼倒了不可，像第一次大战威廉皇帝所说，"德国统治欧洲，或崩溃"，认了真，到短兵相接的时候了。若在中国，这时该走出一个在旁边看了半天的，如晁天王与赤发鬼打得正上劲时在当中用一根甚么链条那么一隔的吴学究，一两句话排了难，解了纷：大家都是好汉，不必伤了和气，前面是个茶铺，坐下细谈细谈，有一宗没本钱生意，正要齐心合作。在中国，真是，为了这么一个毫不相干的抽象观念而费这么多唇舌，谁都觉得，何苦来

---

* 初刊于一九四七年五月十日《益世报》，初收于北师大版《汪曾祺全集》第三卷。

呢。纪德与巴雷士的距离并不远,他们之间比他们与我们近得多。我对纪德的话一向没有表示过反对,但有些说法与我们日常经验渺不相及,觉得生疏。他口口声声叫人忘了他的书,去生活。真的,只有生活过来,才会了解许多看来完全是轻飘飘趁笔而书的抒情词句中的辨证。别的不说,他这回提到的"迁根",没有问题,应当注定了要胜利。我是种过一点花的,可以给他找出几个例证;虽然从那一方面说,我都好像是个安土重迁,不好活动的人。但是……

生于淮北则为枳的那棵树还算得是橘么?人烟寒橘柚,秋色老梧桐,回到你看来全不是的故乡有无天涯之感?那么我们回顾一下。

白马庙的稻子在我们离去时已经秀过了。长得那么高,晚上从城里回来,看包围着自己摇动的一大阵黑影,真有点怕噢?现在想必都割下来了吧。收获的时候总是高兴的,摆在田头碗里的菜一定更多油水。几个月的辛苦,几个月的等待,真不容易。我们看他们浸种,下池,小秧子小鹅似的一片,拔起来,再插下去,然后是除草,车水,每清晨夜半可隔墙听到他们工作谈话声音。你还记得?——该记得的,我们那回在门前路上拾回来的一个秧把?他们从秧池中把小秧子拔出来,扎成一个一个的把,由富有经验的、熟悉田土的一把一把扔到田里，再分开插下。每一块田大都有一定的，可以插多少把。扔，偶尔有时扔多了一半把。按种田人规矩，这块田里的把不兴带到另一块田里去。用不完，照例只有拉起来攒到路边。接不到水，大太阳晒，很快就呈粉绿色，死了。我们捡回来的那把，虽放在磁盆中，沃以清水，没多少日子也不行了。你当初还直想书桌上结出一穗金黄色的稻子玩玩呢！"爬着一条壁虎"的那个粉定盆子还是只宜养野菊花，款式配；花也顽强，一朵一朵开得那么有精神，那么不在乎，教人毫不觉得抱歉。

　　话说至此，本已够了，但还有一件事，印象极深，不能忘去。新校舍南区外头城墙缺口下当年是护城河，后来不知怎么一滴水也没有了？颇不窄呀，横着摆，一排不少个花盆呢。你大概没有下河底看过，拐弯的地方有个小木头牌子，云南农林试验场第十七号苗圃。这里种的全是尤加利。夏天傍晚在那一带散步的一定全都闻到这种树蒸出来的奇怪气味，有点像万金油。每年，清明边上，那个住在城头上小木屋里的人要忙几天，带着他那条狗。这些树苗要拔起来，离别，分散，到我们逃过警报的山上的风里摇。我注意那个园工每掘一棵树，总带起树根四围的一块土，不把它抖得很干净。这些树苗也许还不觉得换了环境吧。在离开苗圃未到山上之间,那一两天它们生活在带在根上的那一小块土之中。

D,我不能确实的感到我底下是不是地呢,虽然我落脚在这个大地方已经近一个月了。你怎么样,会不会要到仓前山却说成了五华山?……

三十五年十月,上海

他眼睛里有些东西,决非天空

一

我差不多每天都可以看到他们。下午五六点钟,他们回来了。回来,在院里井边洗他们添了一层黑泥的腿。有的坐在阶石上,总有几个在井栏上坐的。黑泥洗去,腿上的肉显得很白,灰白灰白的。院子里铺的红沙方石,是云南特有的。他们正在"劳动服务",挑挖附近一口渐渐淤浅的湖。雨季,常常湖中无一游人。桥是空的,堤也是空的。草长得高高的。堤上柳树如乱发,树皮的颜色则为雨水泡得完全是黑的了。天色冥冥漠漠。荷叶多已枯残,水鸟也不飞,也不叫。湖水淡淡,悠悠的飘着小浪。他们各

＊初刊于一九四六年十一月十三日《文汇报》。

人戴了个笠子,灰色衣裳,一个一个离得远远的,一锹一锹把湖底乌郁郁的膏泥挖上来,抛在岸上。一切做来好像全无声息。他们不说一句话。只有时累了,把锹插在水里,两手扶在锹把顶上,头搁在手背上,看相邻的另一个的动作。脸上全无表情,木木的。看来他们眼角口边的肌肉只会永远维持,这个样子,很少有牵扭跳动。早晚两顿饭大概是送到湖边吃的。六点多钟,天也差不多黑了,该睡了。大家横到一堆稻草上去,用军毯盖好。雨下了整三个月!这个破院落每一块砖头都已经回潮发湿。那堆稻草没有一根脆的了。昆明下雨天凉起来真凉。云沉沉的压在屋脊上。

"妹子的,耳屎都是稀烂的!"我这一次听见他们笑,看见这些脸上有亮光。他们今天没有去。十点多了,还都在家里。而且大家活泼得多,走来走去,很兴奋的样子。好些人的头都刮得光光的,白白的。有两个正坐在凳子上,由同伙中别人用剃刀×拉×拉的刮。旁边有人拧他耳朵,呵他腰。"小兔子,我亲亲你,吓唷,好嫩!""莫闹莫闹,你等一下不剃?"已剃好的则抢着看一面不到两寸长的小鹅蛋镜子。镜子背面一个摩登大姑娘。走到旁边一个狭狭的过道中一看,嗬,有肉哩。这个煮肉办法真是第一次看见。一个大地堂锅,白水里几块肉,肉都是一尺来长三四寸宽，咕噜咕噜直翻泡儿。这是他们挑湖的酬劳了？我想了想，半月前有人来收了浚湖捐，这个捐该能买多少肉。不管这个，"肉"是好的，你看他们吃。他们用的碗真特别，是一截竹筒。这竹筒日晒风吹，多已裂缝。汤一倒进去，四面射出来，于是他们抢着喝，手忙脚乱，急切慌张。

不两天，他们就走了。也不知是那个部队的。

二

我们到学校旁边凤翥街小茶馆喝茶。天太干，整天刮风，脸上皮肤发紧，嘴唇开裂，每天都得喝茶。凤翥街是一条凌乱肮脏的小街。街上铺石板。一街的猪尿马粪烂草鞋。

这天凤翥街特别闹热，开来许多兵。他们刚到，尚无约束。在街上走来走去，看看这，看看那，样子蠢头蠢脑。凤翥街上有甚么可看的？全是小铺子，烟纸店，杂货店，豆腐店，羊肉馆子，羊肉摊子，卖花生葵花子儿的捐了个篮子，卖针卖绵线卖破旧衣衫的老太婆脖子下一个大瘿带，纸扎店里老头子戴一付铜边老花眼镜画金童玉女的粉白大团脸。在荒凉的长途跋涉之后对于这些人的活动会格外感到兴趣,觉得亲切么。然而似乎又不是。他们就是要这么走来走去的走走吧,因为现在还不知道上头要让他们干甚么。

小茶馆靠门是一张白木方桌。我们坐下喝茶。一会儿对面马店(马店是一种小栈房,供山里来的"马驮子"住宿,住人也住马。)里走出一个排长模样的人。一路唠叨着进了茶馆。没头没脑,听不明白。似乎埋怨一个不解事的小兵。"教不要来,不要来。定要来,定要来!来干啥呢,来害病找死。当兵是好玩的?这一路倒了十二个,……"他一嘴河南话,脸上红红的,身子方方的。他来,是办公来了。这人看来是排长,实是个连长。一个文书上士和特务长也来了。他一面分排那两个做事,一面唠叨,手上一个烧饼。忽然大声向对面喊,"叫××来,拿点钱去隔壁买一碗白米饭,看他想不想吃?"这时正有一大桶饭从街心向北抬过去,米好红!这我们才知道"白米饭"的意义。过了半天,门里走出一个病兵家,是那个××,即他所埋怨的人了。病得不轻,瘦得青蒿蒿的,扶墙摸壁的走过来。白米饭买来了,他对着饭瞪了半天。那个红脸连长重叹了口气,拳头用力的搥在桌上。

我们沿街向北走。一片空场子上,他们吃饭。十一个一桌，（桌？）站好队，报了数，即可以去吃。有一队正在报数。一！二！三！五！排在第五的急于想吃，没等四报出来即抢出一个五来。"五！五！五！"值星官扑过去在五的头上打了三巴掌。五的帽子打在地下：五是个瘌痢花头，头上头发有一块没一块的。"重来！"一！二！三！四！——五，……十一个人围着一碗菜蹲下来。甚么菜？盐拌萝卜，上头是一层辣椒粉。第一碗饭，他们不吃菜，吃干饭。十一个人全吃完了，排队去添饭。饭不得自己动手添，由值星官一个一个添。大家一样多少。第二碗饭，他们还是不吃菜。风吹起尘土，呜——过来，呜——过去。空场上计有十二桌。一直到第三碗饭，也就是最后一碗饭了，才开始吃那一碗辣椒盐拌萝卜。

走出凤翥街我们都说不出话，互相看看。

三

黄昏时候，从图书馆里出来。走到学校门口，我们看见一个兵。

他躺在那里。

他就要死了。

他眼睛里有些东西，决非天空

他的同伴看他实在不行，把他丢了下来。

他上身一件绵军服，头上还有顶帽子，下身甚么都没有。他很瘦，瘦得出奇。膝骨突出来。腿上的皮挂下来，仿佛已与骨头不相连附。

他躺在公路旁边一条浅沟里。浅沟里是松松的土。他已不能再在土上印出第二个印子。他所有的力量都消耗完了。他不能再有痛苦。也没有抵抗。甚么都快消逝，他就要完了。他平平静静仰面躺着。不是"躺着"，是平平静静"在"那里。

他意识已淡得透明，他没有意志了。他大概已不能构成一个思想，他不能想这是蓝的，这是地，这是我。

他的头为甚么慢慢慢慢的向两边转过来，转过去呢？他要借此知道他还活着？

他的眼睛好大，大而暗淡。他的眼白作鸭蛋青色。我从来没有见过这样的眼睛。他还看甚么呢？对于这个就要失去的世界看甚么呢？

公路上人走过来，走过去。上头是天，宝石一样的蓝天。

卅五年十一月

飞　的

鸟　粪　层

常常想起些自己不大清楚的东西，温习一次第一次接触若干名词之后引起的朦胧的响往。这两天我想鸟粪层。手边缺少可以翻检的书，也没有人可以告诉我一点关于鸟粪层的事。

书和可以叩问的人是我需要的么？

---

*　初刊于一九四七年一月十四日《文汇报》，署名"西门鱼"，初收于人民文学版《汪曾祺全集》第四卷。

猎 斑 鸠

那时我们都还很小。我们在荒野上徜徉。我们从来没有那么更精致的,更深透的秋的感觉。我们用使自己永远记得的轻飘的姿势跳过小溪,听着风溜过淡白色长长的草叶的声音(真是航)过了一大片地。我们好像走到没有人来过的秘密地方,那个林子,真的,我们渴望投身到里面而消失了。而我们的眼睛同时闪过一道血红色,像听到一声出奇的高音的喊叫,我们同时驻足,身子缩后,头颈伸出一点。我们都没有见过一个猎人,猎人缠那么一道殷红的绑腿,在外面是太阳,里面影影绰绰的树林里。这个人周身收束得非常紧,瘦小,衣服也贴在身上,密闭双唇,两只眼睛苟在里面,颊部微陷,鹰钩鼻子。他头伸着,但并不十分用力,走过来,走过去。看他的腿胫,如果不提防扫他一棍子,他会随时跳起避过。上头,枝叶间,一只斑鸠,锈红色翅膀,瓦青色肚皮。猎人赶斑鸠。猎人过来,斑鸠过去,猎人过去,斑鸠过来。斑鸠也不叫唤,只听得调匀的坚持的扇动翅膀声音。我们守着这一幕哑斗的边上。这样来回三五次之后,渐渐斑鸠飞得不大响了,她有点慌乱,神态声音显得踉跄参差。在我们未及看他怎么扳动枪机时,震天一声,斑鸠不见了。猎人走过去拾了死鸟,拂去沾在毛上的一片枯叶。斑鸠的颈子挂了下来,一幌一幌。我们明明看见,这就是刚才飞着的那一只,锈红色翅膀,瓦青色肚皮,小小的头。猎人把斑鸠放在身旁布袋里。袋里已经有了一只灿烂的野鸡。他周身还是那样,看不出那里松弛了一点,他重新装了一粒子弹,向北,走出这个林子。红色的绑腿到很远很远还可以看得见。秋天真是辽阔。

我们本来想到林子里拾橡栗子,看木耳,剥旧翠色的藓皮,采红叶,寻找伶仃的野菊,这猎人教我们的林子改了样子了,我们干甚么好呢?

蝶

大雨暂歇。坟地的野艾丛中
一只粉蝶飞

矫　饰

我很早很早就做假了。

八岁的时候,我一个伯母死了。我第一次(第一次么?不吧?是比较重大的一次,)开始"为了别人"而做出种种样子。我承继给那位伯母,我是"孝子"。吓,我那个孝子可做得挺出色,像样。我那个缺少皱纹的脸上满是一种阴郁表情,这很容易被人误认为是哀伤。我守灵,在柩前烧纸,有客人来吊拜时跪在旁边芦席上,我的头低着,像是有重量压着抬不起来,而且,喝,精采之至,我的眼睛不避开烟焰,为的好薰得红红的。我捏丧棒,穿麻鞋,拖拖沓沓的毛边孝衣,一切全恰到好处。实在我也颇喜欢这些东西,我有一种快乐,一种得意,或者,简直一种骄傲。我表演得非常成功,甚至自己也感动了。只有在"亲视含殓"时我心里踌躇了,叫我看穿戴凤冠霞帔的死人最后一眼,然后封钉,这我实在不大愿意。但我终于很勇敢的看了。听长钉子在大木槌下一点一点的钉进去,亲戚长辈们都围在我身后,大家都严肃十分,很少有人接耳说话,那一会儿,或者我假装挤出一点感情来的。也模糊了,记不大清。到葬下去,孝子例须兜了土在柩上洒三匝,这是我最乐意干的。因为这是最后一场,戏剧即将结束。(我差点儿全笑出来。说真的,这么扮演也是很累的事。)而且这洒土的制度是颇美的。我倒还是个爱美的人!

近几年来我一直忘不了那一次丧事。有时竟想跟我那些亲戚长辈们说明白,得了吧。别又来装模作样。

卅六年一月

蔡 德 惠

　　我与蔡德惠君说不上甚么交情，只是我很喜欢他这个人。同在联大新校舍住了几年，彼此似乎是毫无往来。他不大声说话，也没有引人注意的举动，除了他系里学术上的集会，他大概很少参加人多的场合，（我印象如此，许是错了，也未可知，）我们那个时候认得他的人恐怕不多。我只记得有一次，一个假日，人多出去了，新校舍显得空空的，树木特别的绿，他一个人在井边草地上洗衣服，一脸平静自然，样子非常的好。自此他成为我一个不能忘去的人。他仿佛一直是如此。既是一个人，照理都有忧苦激愤，感情失常的时候，蔡君短短一生之中

＊初刊于一九四六年十月二十九日上海《大公报》，初收于北师大版《汪曾祺全集》第三卷。

自必也见过遇过若干足以搅乱他的事情，我与他相知甚浅，不能接触到他生活全面，无由知道。凡我历次所见，他都是那么对世界充满温情，平静而自然的样子。我相信他这样的时候最多。也不知怎么一来，彼此知道名字，路上见到也点点头。他人颇瘦小，精神还不错。

我离开联大到昆明乡下一个中学去教书，就不大再看到他。学校同事中也有熟识他的人，可是谈话中未听见提过他名字。想是他们以为我不认得他。再者他人极含蓄，一身也无甚"故事"可以作谈话资料，或说无甚可以作为谈话资料的故事。我就知道他在生物系书读得极好，毕业后研究植物分类学，很有希望，研究室在甚么地方，我亦熟悉，他大概经常在里面工作。有一次学校里教生物的两个先生告诉我要带学生出去看一次，问我高兴不高兴一起去走走，说："蔡德惠也来的。"果然没有几天他就来了。带了一大队学生出去，大家都围着他，随便掐一片叶子，找一朵花，问他，他都娓娓的说出这东西叫甚么，生活情形，分布情形如何，有个甚么故事与这有关，那一篇诗里提到过它。说话还是轻轻的，温和清楚。现在想起来，当时不觉得，他似乎比以前更瘦了些。是秋天，野地里开了许多红白蓼花。他好像是穿了一件灰色长衫。

后来，有一次，雨季，我到联大去。太阳一收，雨忽然来了，相当的大，当时正走过他的研究室，心想何不看看他去。一推门就进去了，我来，他毫不觉得突兀。稍为客气的接待我。仿佛谁都可以推开他的门进去的一样。一进门我就看见他墙上一只蛾子，颜色如红宝石，略有黑色斑纹。他指点给我看，说了一些关于蛾蝶的事。他四壁都是植物标本，层层叠叠，尚待整理。他说有好些都是从滇西采集来的，拿出好些东西给我看，都极其特别。他让我拣两样带回去玩，我挑了几片木瑚蝶[1]。这几片东西一直夹在我一本达尔文的书里。到他死后，有一天还翻出来过。现在那本书丢在昆明，若有人翻出，大概会不知道它是甚么玩意，更无从想象是如何得来的了。那天他说话依然极其平和，如说家常，无一分讲堂气。但有一种隐隐的热烈，他把感情都倾注在工作上了，真是一宗爱的事业。

天晴了，我们出来，在他手营的小花圃里看了看，花圃里最亮的一块是金蝶花，正在盛开，黄闪闪的。几丛石竹，则在深深的绿色之中郁郁的红。新雨之后，草头全是水珠。我停步于土墙上一方白色之前，他说，"是个日规"。所谓日规，是方方的涂了一块石灰，大小一手可掩，正中垂直于墙面插了一支竹丁。看那根竹丁的影子，知道是甚么时候了。不知甚么道理，这东西叫人感动，蔡君平

---

1 "瑚蝶"疑为"蝴蝶"。——编者注

时在室内工作,大概常常要出来看一看墙上的影子的吧。我离开那间绿阴深蔽的房子不到几步,已经听到打字机答答的响起来。

这以后我就一直没有看见过他。偶然因为一件小事,想起这么一个沈默的谦和的人品,那么庄严认真的工作,觉得人世甚不寂寞,大有意思。

忽然有一天,朋友告诉我,"蔡德惠进了医院,已经不行了,肺差不多烂完了,一点办法都没有,明天,最多是后天的事情。"

"以前没有听说他有病呀?"

"是呢。一直也没有发现。一定很久了,不知道他自己怎么没觉得,一来就吐了血,送医院一检查。……"

当时我竟未到医院里去看看他。过两天,有人通知我甚么时候在联大新校舍后面广场上火化,我又糊里糊涂没有去参加。现在人死了已近半年,大家都离开云南,我不知道他孤坟何处,在上海这个人海之中,却又因为一件小事而想起他来,因而写了这篇短文,遥示悼念,希望他生前朋友能够见到。

我离开昆明较晚,走之前曾到联大看过几次。那间研究室锁着锁,外面藤萝密密缠满木窗,小花圃已经零落,犹有几枝残花在寂寞中开放,草长得非常非常高。那个日规还好好的在,雪白,竹丁影子斜斜的落在右边。——这样的结尾,不免俗套,近乎完成一个文章格局,谁如此说,只好由他了。原说过,是想给德惠生前朋友看看的。

室外写生

一、白 马 庙

我在昆明住了好几年。在昆明,差不多每年都要上西山去次把。多多少少,并没有一定,去也多半是偶然去的,从来没有觉得非去不可;但或春或秋,得少闲逸,周围便有许多上西山去的可能漂浮起落,很容易就实现了一两次。也许有几年是根本没有去,记不清了。但这没有关系,这种事情上很可以用到"平均"的办法。在昆明住而没有上西山去过的,想必不多吧。

西山回来必经过白马庙。——去的时候自然也经过,

＊初刊于《少年读物》一九四七年第四卷第四、五期,未续作,初收于人民文学版《汪曾祺全集》第四卷。

但你不大会注意,你专心一意于西山。

从山上回来总有点累。不很累,一点点。因为爬了山,走了不少路;也因为明天你马上又将不爬山,不走路:你又"回来"了,又投回你的一成不变的生活。明天你又将坐在写字桌边,又将吃那位"毫无想象"的大师傅烧出来的饭菜,又将与那些熟脸见面,招呼,(有几个现在就在你旁边,在一条船上!)你的脚就要踏上岸,"生活"在那儿等着你。你帖然就范,不想反抗。但是,你有点惘然。这点惘然就是你的反抗了,你的一点残余的野劲。而如果有人问你为甚么靠着船篷,看着天边,抱着头,半天不说话,你只说是有点累了。是的,你有点累。你也太放不开,怎么老摸你的房门的钥匙,船上摸,甚至山上也摸。倒好像你真急于想在你那个极有个性而十分亲切的椅子上抽一根烟。于是你直惦记着白马庙。到白马庙,就快了。我们常常把期待终点的热心移注于终点前一站。火车上有人老是焦急地看着窗外,等过了某一地段,他扣好衣服,戴上帽子,松了肌肉,舒舒服服的坐下来,这比下车到家更重要,简直像火车永远不开到他也不在乎似的。就是如此,在昆明的人多知道白马庙。到白马庙,望得见城中的万家灯火。

没有想到,我后来住到白马庙来。我在白马庙住了半年多。

搬到白马庙，我很欢喜。马车载着我们的行李，载着书，载着小鸡，载着开石瓶里的一枝花，冯家迷迷在我膝上，孩子抱着她的猫。当时我是坐着，而活泼得如一头小马。这些树，这个埠头，这条路，旧围墙里一直还是长满蒲公英，这个铁门多少年没有开过，这间淡紫色的（房子）倩雅，这个浅灰色的则端庄而大方，这些我们全都很熟悉。而我们将住到那座孤立在田地里的小小的房子里去，这座房子式样极其别致，像童话插图，我们在船上曾经指点过多少次。有人问搬到了甚么地方，一说起，一定全知道。这个房子将吸引朋友们来看我。我兴致冲冲，直想跟甚么人大声说一句"天气真好"——我满目含情，望着那座桥。——我们从西山回来看白马庙，实在是看那座桥。桥是个记认，没有桥，白马庙不成其为白马庙似的。每次船从桥下过，（人在桥下都有一种奇怪感觉，一种安全之感，像在母亲怀里。）我急于想在那个桥上头走一走。

烟与寂寞

我去买烟,我不喜欢老是抽一个牌子,人每在抽烟上有许多意见,有人很固执很认真的保卫他抽的那个牌子,反对甚至看不起抽他以为不值得抽的牌子的人。比如抽美国烟与英国烟的简直的是世界上截然不同的两类的人。可是我喜欢常常换换口味。换换口味;或者简单的我就是要换换牌子,不是换吸,而是换买。决定了买那一种,决定而如意的买成了,(常常少不得有许多条件限制的)这给我快乐。——我很久以来即有个志愿,买一盒一种土耳其的长烟抽抽。不一定是要抽,就是买买。我要经验一下接在手里,拿回家来,拆开,拈出,拿在手里,看一看,

---

* 初刊于一九四七年六月二十二日上海《东南日报》,初收于人民文学版《汪曾祺全集》第四卷。

（纸纹，标记）点火，抽，抽两口，又摸摸看看那个盒子，（装璜风格显然与他种香烟不似）这种种过程。我现在的能力要偶然买一盒自然还买得起，但我没有买那么一盒的充分感情。我想有一个机会，想到我有一次远行时买一盒带在小皮箱里；等到了，见到了，或已坐下来，跟他抽一枝，或在她的眼前抽一枝。我把这回事看得很重。——今天，我去买烟。我毫无成见。也有时候我一去即说出牌子。有时，我要看看，看来看去，找我的兴趣希望所在。今天，我连买烟丝或者烟都没有打主意。而我记起前两天路上走，看见一家新到了一批小雪茄。这种雪茄我父亲曾经抽过，那时我还小得很。（真是老牌了）父亲很赞赏这种烟，又便宜又好。他满意于他自己的口味，满意于他的选择。一看到这种小雪茄，或心里一喜欢。而且那么多堆在一处，有一种富足大方之感。当时我为甚没有即买？盖有待也？现在，我一定去买。希望不要有甚么心思牵制我，教我改主意。

我买成了，心里有一种感动。虽然小小的，但实在是感动。

而，我的烟拿在手，脸上有喜悦，身后来了一个人。一个面目端正，正直而和蔼，有思想有身份的中年人；他看了看，说："有×××，就这个。"——他说这个牌子说得很熟练而带有感情，仿佛他一直在留心，今天偶然发现了！正是我手里的那一种。他觉得我看他，也看看我。看见我手里一札子烟了，我们极其自然的点了点头。带笑，仿佛我们很熟似的。并没有说话，好像也无须说话。

歌　声

醒来，隔壁巷子里有孩子唱歌。

现在大概九点钟光景，家中漆黑。每天吃了晚饭我睡两个钟头，一醒来总是立刻就为整个世界所围绕。在我睡着了时一切都还在进行着的。这几个孩子唱了多少时候歌了？从她们的歌声里有一点天晚了的感觉，可是多不够安定的晚上啊，多不够安定的歌。

唱的是两个女孩子，一个声音高，唱得很有力；一个比较不那么热切，不想争胜，气不大促。两个声音都很扁，仿佛唱的时候嘴都咧得很开。我想一定还有个更小的男孩子，坐在门槛上，虽然他一声不响，可是你听得出歌

＊初刊于一九四七年七月十一日《大公报》，初收于北师大版《汪曾祺全集》第三卷。

声里有他。大概是两个女孩子之中一个（大概是那个声音高窄的）的弟弟。这两个孩子必在同一小学读书，同出同归，唱歌的节拍表情也分明是同一个老师所教，错的地方一样错。那个老师（当然是个女的）对于教音乐，教这般孩子，毫无兴趣。至少这两个她没有兴趣。孩子的爸爸妈妈（尤其是妈妈）更对她们唱歌没有兴趣，冷淡，而且厌烦。这两个孩子也唱得真不好！……

她们一定穿了不合身的衣服，发红的安安蓝布，褪色的花洋纱的裙褂，补过的脏袜子，令人自卑的平凡的布鞋。两个孩子一个都不好看，瘦长的脖子，黄头发，头上汗味很重。有一个扎一个粉红蝴蝶结，但是皱得厉害！那个弟弟，一个大脑袋，傻傻地坐在那儿，不时用手搔头。他头上有个小脓疙瘩，身上黏黏的。他也很为姐姐们的歌声所激恼了，虽然有时也漠然的听着，当他忘记一点自己身上的不快时。他没有要非哭不可的时候，但说是一点都不要哭分明不对。

两个孩子学着她们的先生装模作样的咬字，可是，不知道唱的是甚么，只有娃娃宝宝几个字还听得出，因为老是重复唱到。

现在她们会的歌都唱完了，停了一停，又把已经唱过的一个重新唱起来。这样的反复的唱，要唱到甚么时候？——这样的唱歌能使她们得到快乐么？她们为甚么要唱歌？

　　我起来。天真闷，气都不大透得过来。甚么地方一股抹布气味，要下雨了吧？

幡 与 旌

一 大不起来的小猫

我教书,教国文,我有时极为痛苦。"国文"究竟是个甚么东西?是那一个制定了这么个名称?天底下简直没有比这更胡涂的事情!但痛苦的不是这个。我相信没有人狂妄荒谬到要来管我教了些甚么,如果我真在那儿"教"。在这个国度中生活有个最大方便,即对于制度下的甚么可以全然不理睬,因为实在无从理睬,不,根本就没有甚么制度!我痛苦,因为我孤独。走近一架琴,坐下,试按一按几个键子;拉开窗前的长帘,扣了工作衣的纽子,撩一

---

* 初刊于一九四七年七月二十六日《益世报》,初收于人民文学版《汪曾祺全集》第四卷。

撩头发，提起一管画笔；我是多么羡慕那种得其所哉的幸福呵。室中无一呼吸，而远方有无数双眼睛耳朵向着他们。我，一个教员，一个教员是多么寒伧的东西！一走进教室，我得尽力稳住自己，不然我将回过身来，拔脚就逃。不过我的"性子"常常很好（我这一向睡得不错），我走进去，带上门（我把自己跟他们一齐关在里面），翻开书（一切做来安详从容），我讲了：

——上回我们讲到二十七页，"吾妻归宁，述诸小妹语曰：'闻姊家有南阁子[1]，——且何谓阁子也'……。"我说这句话写得很好，这在文言文，普通文言文里，不多见。"闻姊家有南阁子"，忽然一折，来了"且何谓阁子也"这么一句。我们想想本来要说的话可能另是一个样子，话说了半截，忽然思想中带了一带："南阁子是甚么？"自己问自己，说出了口，问姐姐："且何谓南阁子[2]也？"这写得多有神情？——所以我觉得"且何谓南阁子也"前应加一个破折号。……

底下，因势利导，我想从此出发，说说归有光（文章）的特色，他作文章态度与一般人有甚么不同。我思想活泼，嗓音也清亮；但是，看一眼下面那些脸，我心里一

---

[1] 归有光《项脊轩志》原文"南阁子"为"阁子"。——编者注
[2] 据上文"南阁子"应为"阁子"。——编者注

阵凄凉，我简直想哭。

他们全数木然。这分析得比较细，他们不大习惯？那他们至少该有点好奇，我愿意他们把我当一个印第安人看也好。可是就是木然，更无其他。一种攻不破的冷淡，绝对的不关心，我看到的是些为生活消蚀模糊的老脸，不是十来岁的孩子！我从他们脸上看到了整个的社会。我的脚下的地突然陷下去了！我无所攀泊，无所依据，我的脑子成了灰濛濛的一片，我的声音失了调节，嗓子眼干燥，脸上发热。我立这里，像一棵拙劣的匠人画出来的树。用力捏碎一支粉笔，我愤怒！

但是，我自己都奇怪，一边批削着一边恨恨的叫苦，忽然伤狗似的大吼一声，用力抓揪自己的头发，把手里红笔用力摔去，平常决不会有的粗野态度这时都来了；这样也有不少年了；(我的青春!)我仍然有耐心把一本本"作文"改了。有时就要大喜若狂，不能自禁了，当垃圾堆中忽然发现一点火星；即使只是一小段，三句，两句；我赶紧俯近它，我吹它，扇它，使它旺起来，烧起来。我捧出这本卷子，给这个看，给那个看，"不错噢?""很有希望，噢?"我狂热得不计较别人的眼睛怎么从卷子上收回去，怎么看我。自然有时我是骗我自己，闪了一下的不是火，是一种甚么别的东西。这是一种嘲笑，使我的孤独愈益深厚。但一有一片小小的光,我的欢喜仍是完满的,长新的。

我又是得意非凡,一个初中二年级学生把她的草稿交来给我先看看,她文章里说到家里几只小猫,一回家她总先去看看小猫,跟它们玩半天,她说她老想小猫要是老不大起来多好啊。我想:这孩子!我好好的看了她一眼,觉得她眉目间有一种秀气,美起来了,说:"很好,拿回去抄吧。"下了班,在饭后的闲谈里我不知在谁的话后面插了一句。

"许多东西是与生俱来的,比如艺术,大概真是一种本能。"我躺在椅子里,抽着烟,对这个世界很满意的样子。

可是第二天,她把作文本子交来,关于小猫的那几句没有了。我愣了愣,我把本子还给她,我说:

"你本来有些很好的东西,你为甚么丢掉呢?你觉得,——我希望你把原来的稿子找一找。还找得到么?有些东西最好保留,如果你愿意保留,有兴趣。"

下了班,饭后照例有闲谈,我仍旧坐在那张椅子里,抽着烟,可是我没有说甚么。我愿意等,等到我的话到了时候,或者,哎,……或者甚么,没有"或者"了!

二 死去的字

也许是偶然，我发现几个诗人喜欢一个比喻，喜欢用飘动的旗子说出向往，期待，或其他甚么的种种感情。用旗子形容一颗心。我想这是受外国的影响，因为中国人很少看一面旗子。第一，我们没有好看的旗子，没有一面旗子能唤出任何感情，（俞平伯先生写过一句"国旗本来是猎旗"，那是很早的事情了。似乎并未有人注意过。）平时能够引导人，招邀人的，或者应推乡社做会时飘在十里方圆最高的树上的长幡吧。但那毕竟是幡，不是旗了。而且即是有幡，因幡而扬头，挺胸，眼睛有光的，多半是有诗人嫌疑的人。至于喜欢船上的旗，海上的旗，在无边广漠之中的一小片颜色。那你比一般人不同，你非得是诗人不可。诗人，大家要你住到旗子上去呢，——喔，我这是胡扯，一个恶劣的小丑打诨，我只是看到两个字，"心旌"，在这两字之间徘徊了一下，想了一点东西。

"旌"我想是旗一类的东西吧。"心旌"，我觉得这两个字原来很美。可是，可是现在这两个字死了。我们通常只还有一句话："心旌摇荡"。而"智识程度很高"的人的口中大概没有这句话；若说这一句话必伴以一个嘲讽的扁嘴，一种滑稽之感。这果然滑稽，一说这个大概容易想起大鼓，蹦蹦，弹词，绍兴戏。只想到大鼓蹦蹦弹词绍兴戏，没有人想到"旌"。若干年后连那句"心旌摇荡"也会没有的，(宁愿没有了吧!)因为唱大鼓蹦蹦弹词绍兴戏的人又将唱现在的"智识程度很高"的人口中的话；至于那时的"智识程度很高"的人则不晓得说些甚么东西了。字就是这样死的。

有些字，比较活得长些，但只剩个壳子，本身已无意义。比如"清新"这两个字老出现在我认识的一个说话根本完全没有意义的人(这种人照例一天到晚说话极多)的口中，"空气很清新"，"头脑很清新"，我不相信他感觉到"清"，尤其是"新"；他整个是既不"清"，也从来没有"新"过的人，他没有尝到空气，也绝无头脑。字死在人的嘴唇上。

那么还是诗人来吧，给我们"造"一堆比较有光泽，有生命，比较丰富的字，像幡一样旗一样的字。因为你们比较清新。虽说，诚然，"语言是个约定俗成的东西"。

幡与旌

蝴蝶：日记抄

听斯本德聊他怎么写出一首诗，随着他的迷人的声调，有时凝集，有时飘逸开去；他既已使我新鲜活动起来，我就不能老是栖息在这儿；而到

"蝴蝶在波浪上面飘荡，把波浪当作田野，在那粉白色的景色中搜索着花朵。"

从他的字的解散，回头，对于自己陈义的抚摸，水到渠成的快感，从他的稍稍平缓的呼吸之中，我知道前头是一个停顿，他已经看到这一段的最后一句像看到一棵大树，他准备到树下休息，我就不等他按住话头，飞到另一片天地中去了。少陪了，去计划怎么继往开来吧，我知道

---

* 初刊于一九四七年八月二十四日《经世日报》，初收于人民文学版《汪曾祺全集》第四卷。

你已经成竹在胸，很有把握，我要一个人玩一会儿去。我来不及听他嘱咐些甚么，已经为故地的气息所陶融。

蝴蝶，蝴蝶在同蒿花田上飞，同蒿花灿烂的金色。同蒿花的金色，风吹同蒿花。风搂抱花，温柔的摸着花，狂泼的穿透到花里面，脸贴着它的脸，在花的发里埋它的头，沉醉的阖起它的太不疲倦的眼睛。同蒿花，烁动，旺炽，丰满，恣酣，殚弹。狂欢的潮水！——密密层层，那么一大片的花，稠浓的泡沫，豪侈的肉感的海。同蒿花的香味极其猛壮，又夹着药气，是迫人的。我们深深的饮喝那种气味，吞吐含漱，如鱼在水。而同蒿花上是千千万万的白蝴蝶，到处都是蝴蝶，缤纷错乱，东西南北，上上下下，满头满脸。——置身于同蒿花蝴蝶之间，为金黄，香气，粉翅所淹没，"蜜钱[1]"我们的年龄去！成熟的春天多么的迷人。

我想也想不起这块地方在我的故乡，在我读过的初级中学的那一边，从教室到那里是怎么走的呢？我常常因为一点触动，一点波漾而想起这块地，从来没有想出究竟在那里，我相信永远想不出了。我们剪留下若干生活（的场景，或生活本身），而它的方位消失了。这是自然的还是可惋惜的？且不管它，我曾经在那些蝴蝶同蒿花之间生存过，

---

[1] "蜜钱"疑为"蜜饯"。——编者注

这将是没齿不忘的事。任何一次的酒,爱,音乐,也比不上那样的经验。

那个时候我们为甚么要疯狂的捕捉那些蝴蝶?把蝴蝶夹死在书里(压扁了肚子)实在是不愉快的事情,现在想起来还有点恶心。为甚么呢?我们并不太喜欢死蝴蝶的样子;(不飞了,)上课时翻出一个来看看不过是因为究竟比我们的教科书和教员的脸总还好玩些,却也不是真有兴趣,至少这不足以鼓励我们去捕捉杀害。我们那么热心的干这个,(一下子功夫可以三五十个,把一本书每一页都夹一个毫不费力!)完全是发泄我们初生的爱。就是我们那些女同学,那些小姐们,她们的身体、姿态、脚步、笑声给我们一种奇异的刺激,刺激我们作许多没有理由的事情。这么多的花蝴蝶,蓝天、白云、太阳、风,又挑拨我们。我们一身蓄聚蛮野的冲动,随时就会干点傻事出来。捕捉蝴蝶,这跟连衣服跳到水里去,爬到蓝楼房顶上,用力踢一只大狗,光声怪叫,奇异服装完全出于一源。不过花跟蝴蝶似乎最能疏导宣发,是一种最直接,最尽致,最完备遍到的方式。我们简直可以把那些蝴蝶一把一把的纳到嘴里,嚼得稀烂,骨笃一声咽下去的!(并不须她们任何一个在旁边看见或知道。)都是些小疯子,那个时候我们大概是十三四,十四五岁。

这一下可飘得远了。斯本德刚才说甚么来的?让我想想看。我重新把那篇《一首诗的创造》摊开,俯伏到上面去。稍为有点不顺帖,但不一会儿我就跟上他了。

八月十四日

背东西的兽物

  毛姆描写过中国山地背运货物的伕子,从前读过,印象极为深刻,不过他称那种人为"负之兽",觉得不免夸饰,近于舞文弄墨,而且取义殊为卑浅,令人稍稍有点反感。及至后来到了内地,在云南看到那边的脚夫,虽不能确定毛姆所见即是这一种人,但这种人若加之以毛姆那个称呼是极贴当而直朴的,我那点反感没有了,而且隐然对他有了一种谢意。

  人在活动行进之中如果骤然煞住,问一问我在这里到底是在干点儿甚么呢,大概不会有肯定答案的,都如毛姆所引庄子的那一段话中说的那样,疲疲役役,过了一生,

---

 ＊初刊于一九四八年二月一日《大公报》,初收于北师大版《汪曾祺全集》第三卷。

但这一种人是问也用不着问,(别人不大会代他们问,他们自己当然不可能发问,)看一看就知道真是甚么"意义"都没有,除了背东西就没有生活了。用得着一个套语:从今天背到明天,从今年背到明年。但毛姆说他们是兽物还不是象征说法,是极其写实的,他们不但没有"人"的意义,而且也没有人形。

在我们学校旁边那条西风古道上时常可以看到他们,大都是一队一队的,少者三个五个,多的十个八个,沉默着,埋着头,一步一步走来。照例凡是使用气力作活的人多半要发出声音,或唱歌,或是"打号子",用以排遣单调,鼓舞精力,而这种人是一声也不出的,他们的嘴闭得很紧。说是"埋头",每令人想到"苦干",他们的埋头可不是表示发愤为雄,是他们的工作教他们不得不埋头。他们背东西都使用一个底锐、口广、深身、略呈斗斛状的竹篮。这东西或称为背篓,但有一种细竹所编,有两耳可跨套于肩臂,而且有个盖子,作得相当细致的竹篮,像昆明收旧货女人所用的那一种,也称为背篓,而他们用的是极其粗率的简陋的。背篓上高高装了货物。货物的范围很窄,虽然有时也背盐巴、松板、石块、米粮等物,大多是两样东西,柴和炭。柴,有的粗块,有的是寸径树条,也有连枝带叶的小棒子;有专背松毛的,马尾松针晒干,用以引火助燃，此地人谓之松毛，但那多是女人，且多不用背篓，捆扎成一大包而背着。炭都是横着一根一根的叠起来。柴炭都叠得很高，防它倒散，多用绳索络住。背篓上有一根棕丝所织扁带子，背即背的这一根带子。严格说不应当说是背，应当说是"顶"，他们用脑门子顶着那一根带子。这样他们不得不硬着头皮，不得不埋着头了。头稍平置，篓子即会滑脱的。柴炭从山中来，山路不便挑扛，所以才用这种特殊方法负运。他们上山下山，全身都用气力，而颈部用力尤多，所以都有极其粗壮，粗壮到变形的脖子。这样粗壮的脖子前面又多半挂了个瘿袋，累累然有如一个肉桂色的柚子。在颈子上都套着一个木板，形式如半个刑枷，毛姆似乎称之为"轭"的，这也并非故意存有暗示，真的跟耕田引车的牛头上那一个东西全无二致，而且一定是可以通互应用的。在手里，他们都提着一根杖。这根杖不知道叫甚么名堂，齐腰那么高，顶头有个月牙形的板，平着连着那根杖。这根杖用处很大，爬坡上坡，路稍陡直，用以撑杖，下雨泥滑，可防蹶倒，打站歇力时尤其用得着它，如同常说，是第三条腿。他们在路上休息时并不把背篓取下，取下时容易，再上肩费事，为养歇气力而花更大的气力，犯不着，只用那一根杖舒到后面，根着地，背篓放在月牙形手板上，自己稍为把腰伸起，两腿分开,微借着一点力而靠那么一会儿就成了。休息时要小便,也就是这么直着腰。他们一路走走歇歇,到了这儿,并没有一点载欣载奔的喜意,虽然前面马上就要到了。进了前面那个小小牌楼,就是西门,西门里就是省城了,省城是烧去他们背上的柴炭的地方,可是看不出他们对于这个日渐新兴起来的古城有甚么感情。小牌楼外有一片长长的空地,长了一点草,倒了一点垃圾,有人和狗拉的屎,他们在那里要休息相当时候。午前午后往来,都可以看得见许多这种人长长的一溜坐着,这时,他们大都把背上载着的重物卸放在墙根了,要吃饭,总不能吃饭时也顶着。

柴不知怎么卖,有没有人在路上喊住他们论价买去呢?炭则大都是交到行庄,由炭商接下来,剔选一道,整理整理,用装了石粉的布包在上面拍得一层白,漂漂亮亮的,再成斤作担卖与人家。老板卖出去的价钱跟向他们买的价钱相差多少,他们永远也无法晓得,至于这些炭怎么烧去,则更不在他们想象之内了。

他们有的科头,有的戴了一顶粗毡碗形帽子,这顶帽子吃了许多油汗,而且一定时常在吃进油汗时教他们头皮作痒。身上衣服有的是布的。但不管是甚么布衣绝对没有在他们身上新过,都是买现成的旧衣,重重补缀上身。城里有许多"收旧衣烂衫"男人女人,收了去在市集上卖,主顾里包括有这种人,虽然他们不是重要的,理想的,尤其是顶不是爽气的,只不过是最可欺骗的主顾。他们是一定买最破最烂的,而且衣服形形色色都有,他们把衣服的分类都简化了,在你是绝对不相同的,在他们是一样的。更多的是穿麻布衣服。这种麻不知是不是他们自己织的,保留最古粗的样子,印在陶器上的布纹比这还要细密些。每一经纬有铺子扎东西的索子那么粗,只是单薄一点。自然是原色,麻白色。昆明气候好,冬天也少霜雪,但天方发白的山路上总是恻恻的有风的,而有些背柴炭人还是穿一层单麻布衣服。这身衣服像一个壳子似的套在身上,仿佛跟他们的身体分不开,而又显然不是身体的一部分,跟身体离得很远,没有一处贴合,那种淡淡的白色使他们格外具有特性了。身体上不是顶要紧的地方袒露了一块,在他们不算是大事情。衣服,根本在他们就不算大事。他们的大事是吃一点东西到肚里。

他们每人都把吃的带着,结挂在腰裤间,到了,一起就取出来吃。一个一个的布口袋,口袋作成筒状,里头是一口袋红米干饭。不用碗,不用筷子,也不用手抓,以口就饭而喋接。随吃,随把口袋向外翻卷一点,饭吃完,口袋也整整翻了个个儿,抖一抖,接住几个米粒,仍旧还系于腰裤间。有的没有,有的有点菜,那是辣子面,盐,辣子面和盐，辣子面和盐和一点豆豉末，咽两口饭，以舌尖黏掠一点。看一个庄家，一个工人，一个小贩，一个劳力人，吃饭是很痛快过瘾的事，他们吃得那么香甜，那么活泼，那么酣舞，那么恣放淋漓，那么快乐，你感觉吃无论如何是人生的一点不可磨灭的真谛，而看这种人吃饭，你不会动一点食欲。他们并不厌恨食物的粗砺，可是冷淡到十分，毫不动情的，慢慢慢慢的咀嚼，就像一头牛在反刍似的！也像牛似的，他们吃得很专心，伴以一种深厚的，然而简单的思索，不断的思索着：这是饭，这是饭，这是饭……仿佛不这么想着，他们的牙齿就要不会磨动似的——很奇怪，我想不出他们是用甚么姿态喝水的，他们喝水的次数一定很少，否则不可能我没有印象。走这么长的路而能干干的吃那么些饭，真是不可了解的事。他们生在山里，或者山里人少有喝水的习惯？……我想起一个题目：水与文化。

老觉得这种人如何饮之以酒，不加限节，必至泥胡醉死。醉了，他们是甚么样子呢？他们是无内外表里，无层次，无后先，无中偏，无小大，是整个的：一个整个的醉是甚么样子呢？他们会拥抱，会砍杀，会哭会笑？还是一声不响的各自颓倒，失去知觉存在？

他们当然是有思索的，而且很深很厚，不过思索得很少，简单，没有多少题目，所以总是那么很专心似的，很难在他们的眼睛里找出甚么东西，因为我们能够追迹的，不是情意本体，而是情意的流变，在由此状况发展引度成为另一状况，在起迄之间，人才泄漏他的心。而他们几乎是永恒的，不动的，既非明，也非暗，不是明暗之间酝酿绸缪的昧暧，是一种超乎明暗的浑沌，一种没有限界的封闭。他们一个一个的坐在那里，绝对的沉默，不是有话不说，是根本没有话，各自拢有了自己，像石块拢有了石头。你无法走进他们里面去，因为他们不看你一眼，他们没有把你收到他们的视野中去。

纪德发现刚果有一种土人，他们的语言里没有相当于"为甚么"的字。……

在一个小茶馆外头，我第一次听到这种人说话，而且是在算帐！从他们那个还是极少表情的眼睛里，可以知道一个数字要在他的心里写完了，就像用一根钝钉子在一片又光又硬的石板上刻字一样的难。我永远记得那个数目：二百二十二，一则这个数字太巧，而且富民话（我听出他们的话带有富民口音）二字念起来很特别，再也是他一次又一次的重复，好像一个孩子努力的想把一个跌碎了的碗拼合起来似的，"二百——二十——二，二百，——二十，——二……"

有一次警报，解除警报发了，接着又发了紧急警报，我们才近城门又立刻退回去，而小牌楼外面那些负运柴炭的人还不动。日本飞机来过炸过了，那片地上落了一个炸弹，有人告诉我炸死了两个人。我忽然心里一动，很严肃的想：炸死了两个人，我端端正正一撇一捺在心里写了那一个"人"字。我高兴我当时没有嘲弄我自己，没有蔑笑我的那点似乎是有心鼓励出来的戏剧的激情。

勿忘侬花

我至今还不知道勿忘侬花是甚么样子,我不知道我是否曾经看见过。中国大概是有的吧,但知道这种花的名字的一定比见过这种花的人多,若是不是很美呢是不是当得起这样的名字,它的形色香味真能作为一个临诀的叮咛?——虽然有点感伤,但还不致为一个很现代的聪明人所笑罢,如果还不失为诚挚,除非诚挚也是可嘲弄的,因为这个年头根本不可能有。那我们的生活就实在难得很了,见过不见过其实本无多大关系,在诗文里或信札里说"送你勿忘侬花"而实际并没有,是尽可以的,虽然这样的人现在也都没有了。大概从此这个花要更其堙没了罢,

----

*初刊于一九四八年五月三日天津《民国日报》,初收于人民文学版《汪曾祺全集》第四卷。

它本身，和它的声名，这不知是花的抑是我们的不幸，或者无甚所谓，连偶尔对于这些种种思念也都应当淡然逝去了，可是有机会我还是想捡起一枝来看看。

在昆明，有一次英国政府派来一个给战地士兵演讲音乐欣赏作为慰劳的生物学家想听一点中国的乐器歌曲，在一个研究院的实验室里，开了一个小茶会，听了几个名家的琵琶笛子，那位——该叫他生物学家还是音乐家呢——也有一个节目，七弦琴独奏！他显然对这个躺着的古乐器还不顶习熟，拧弦定音，指掌太温柔了一点，——七弦琴无疑是乐器里顶精致，顶不容易伏侍的一种，一点轻微的慌乱教他的脸上过去了又泛上来一片红，他镇静自若着，而不时低低举目看一看，看着他的人，含笑得腼腆极了。——这一笑是感谢大家关切了这半天，现在，没有问题了！他正一正身子，轻咳一声，"普庵咒"，又向身旁的人笑了一笑：这三个中国字说得是不是差不多？普庵咒是常听到的琴曲，近乎描写音乐，比较容易了解。可是这一支庄严静穆的曲子我没有听，我一直看他，看他的明净的头和他的手。我好像曾经看过这样的手，但没有一双手我曾经这样的动情的看过——也许那样的手并不在做着这样的事情。矫健，灵活，敏感，热情，那当然，可是吸引我的是十个手指同时那么致意用力，那么认真，那么"到"，充满精神，充满思想，——有时稍见迟疑，可是通过迟疑之后却并不是含混，少见的那么好看的一双手。也许是过于白皙了，也许是乐器的关系，抚奏的手势偏于优美，显得有一点女性，然而这不是我当时就有的感觉。……喝茶谈话的中间，他忽然起身离去，捧来一瓶，他欢欢喜喜，各种各样的花，瓶是一个实验用的烧瓶，一瓶水碧清，有些很熟，有些印象，浅花都是野花，而这么一瓶插着都似乎是新鲜极了，都是我没有见过的了，开也开得特别好，花大，颜色深，有生气，他一定是满山上出了一点愉快的汗水找来的，他得意极了，一枝一枝拈起来，稍提出一点，好些野花中国跟英国山地里都生着，有的一样，有的不大同，他看见了他知道是有的花，有些英国多，中国少，有些中国多，有些分布区域不广，现存的已经不多了，很珍贵的，但这里人似乎并不大注意。……因为在异国说着本国的语言呢还是本来就惯常如此，他慢慢的说，攥着烧瓶颈子轻轻的转动，声调委宛而亲切，他不知道看到冯承植先生赞美过的鼠白草不？我看他，等有机会问他，可是老是错过，终于在他挑出一枝紫红长穗的时候，有人进门给他一封信，他得辞谢走了，我没有能问他拿进去的瓶里那种翠蓝色的小花是不是勿忘侬，他的手指在我的勿忘侬之间移动过多少次了！

我听说是，而且很自信的告诉过不少人了，昆明不论甚么花差不多四季都开得，而这种花更是随处都见得到，只要是土较多，人较少的地方，野地里都是坟，坟头上特别多，我们逃警报的次数简直数不清了。昆明没有甚么防空壕洞，在坟冢间挖了许多坑，我们又大都并不躲进坑里，离开了城走远些，找个地方躺躺坐坐而已，或者是这种花的颜色跟坟容易联想到一起去，我们越觉得坟的寂寞跟花的寂寞了，在记忆里于是也总是分不开，老那么坐着，躺着，蓝色的小花无聊的看在我们的眼里，从来也没有采一点带回去，花实在太小。把几个微擎着的花瓣一起展平了还不到一片榆钱大，又是在叶托间附枝而生，没有花蒂，畏缩的贴着，不敢出头一步，枝子则顽韧异常，满身老气，又是那么晦绿色毛茸茸的鄙贱小叶子，——主要还是花常稀疏零落，一枝上没有多少颜色，缺少光泽的，惨恻，伶仃的翠蓝的小点，在半闭的眼睫间一点一点的向远处漂去，似乎微有摇漾，也许它自己也有点低徊，也许动着的是别的草。可是直起身子来，伸一伸胳臂，活动活动腰腿，则一俯首间而所有的小花都微小微小，隐退隐退，要消失了，临了只剩下一点点一点点渺茫的蓝意，无形无质，不太可相信了，像甚么呢？——真是一个记忆的起点，哦！……可是尽管这并不是真的勿忘侬花罢，（是一个误会，误会常常也很有意思，特别是推究怎么有这个误会，你的推究和你的发现都不会落空。）昆明那一段逃警报的日子我们总记得。比起那些有趣的穿插，吸干了整个时间的那种倦怠，酥嫩，四肢无力，头昏昏的，近乎病态的无情状态尤其教我们往往心里发甜。我们从来没有那么休息过，那么完全的离开过自己的房屋和自己的形体，那么长久，那么没有止境的抛置在地上，呼吸着泥土，晒着太阳——究竟我们还算活着，像一块洋山芋似的活着。——太阳晒得我们一次一次的褪皮，常常晚上回来用冷水一洗脸，一撕，一大片！……太平洋战事以后，城里不再有毁坏燃烧，走到浮没着蓝花的坟野里，我们认不出我们寄居过的洞穴了。那些驮马或疾或徐走着的小道令我们迷惘。我们再也不能在身上找出从前那么熟练的躺下坐匐的姿势了，我们焦渴的嘴唇，所喝的水，我们的最后一根香烟，荸荠，地瓜，豌豆粉，凉米线，流着体温的草，松叶的辛香，土黄色的蝴蝶。……

北平的天也这么蓝。我这个楼梯真是毫无道理，除了上楼下楼之外还有甚么意义么，这么四长段，又折折曲曲？好容易我才渐渐能够适应，我的肌肉骨骼有这么一个习惯，承认它，不以为是额外的支付。——我去问一个学植物分类学的朋友，他说那种昆明人叫做狗屎花的蓝花——你猜怎么着，我并不讨厌这个名字。一个东西我们原可以当着两样看。地肥些花就长得茂盛。看见狗拉了屎，又看见了花，因而拉在了一起的，这个孩子（当然是个孩子）记出了他心里的一分惊喜。——其实并不是真正的勿忘侬，不过是有点像。有点像么？……那就好。我并不失望，我满足了，因为我可以有满足的等待。

　　　　　　　　　　　　　　　三十七年四月

书《寂寞》后

深宵读《寂寞》,心情紧恻,四边一点声音都没有,想起瑞娟的许多事情,想起她的死,想起她住过的屋子,就离这里不远,渐渐有点不能自持起来。人在过度疲倦中,一切状态每有与白日不同者。骤然而来的一阵神经紧张过去,我拿起原稿,这才发现,刚才只看本文,没有注意题目,为甚么是《寂寞》呢?全文字句的意义也消失脱散了,只有这两个字坚实的留下来,在我的头里,异常的重。

瑞娟的死已经证实。这一阵子常常想起来,觉得凄凉而气闷。为甚么要死呢?我不知道她究竟因为甚么而死,

＊初刊于一九四八年五月二十九日《益世报》(同日刊出西南联大学生薛瑞娟短篇小说《寂寞》),初收于人民文学版《汪曾祺全集》第四卷。

而且以为根本不应当去知道。我认识瑞娟大概是三十三年顷,往来得比较多是她结婚前后。她长得瘦削而高,说话声音也高——并不是大,话说得快,走路也快。联大路上多有高过人头的树,有时看她才在这一棵树那里,一闪一下,再一看,她已经在那一头露出身子了,超过了一大截子路,我们在两条平行的路上走。她一进屋,常常是高声用一个"哎呀"作为招呼,也作为她急于要说的话的开头。她喜欢说"急煞了","等煞了","热煞了"之类短促句子,性子也许稍为有点急,但不是想象中的容易焦躁,不是那么不耐烦。大概说着这样的话的时候多半是笑,脸因为走路,也因为欢喜兴奋而发红了,而且是对很熟的人,表示她多想早点来,早点看见你们,或赶快作好了那件事。她总是有热心,有好意。而且热心与好意都是"无所谓"的,率直的,不太忖度收束,不措意,不人为的。说这是简单自然也可以。但凡跟她熟识的都无须提防警觉,可以放心把你整个人拿出来,永远不致有一点悔意。偶尔接触的,也从来没有人能挑剔她甚么。谈起她和立丰,全都是由衷的赞叹:"这——是好人,真的两个好人!"朋友中有时有点难于理绪的骚乱纠结,她没有办法——谁都没有办法!可是她真着急。她说的话,做的事或者全无意义,她自己有点恨她为甚么不能深切的明白这一切到底是怎么一回事呢，可是她尽了她的心力。她的浪漫的忧郁气质都不太重，常是清醒而健康的。也许这点清醒和健康教那个在痛楚中的于疲倦中忽然恢复一点理智，觉得人生原来就是这样子，不必太追求意义而意义自然是有的，于是从而得到生活的力量与兴趣。她就会给你打洗脸水，擦擦镜子，问你穿那一件衣服，准备好陪你去吃点东西或者上那儿看电影去。

她自己当也有绊倒了的时候，因为一点挫折伤心事情弄得灰白软弱的时候，更熟的人知道那是甚么样子，我们很少看见过。是的，她有一点感伤。说老实话，她要是活着，我们也许会笑她的。她会为《红楼梦》的情节感动，为《祭妹文》心酸，她对苏曼殊还没有厌倦，她不忍心说大部分的词都是浅薄的。可是并不是很令人担忧的严重。而且只是在读书的时候，携入实际生活的似乎不多。她总是爽朗而坚强的生活下来。她甚至没有意识到自己的坚强，没有觉得这是一种美德。我们看她一直表现着坚强而从来没有说过这两个字，若有深意的，又委屈又自负的说过这两个字。她也希望生活得好一点，然而竟然如此了，也似乎本应如此。她爱她的丈夫，愿意他能安心研究，让他的聪明才智，尤其是他的谦和安静性情能尽量用于工作。她喜欢孩子。我在昆明还有时去看看他们时才生了第一个。他们住在浙江同乡会一间房里，房子实在极糟，昏暗局促荒凉而古旧，庭柱阶石都驳落缺窜，灰垩油漆早已失去，院子里砖缝中生小草，窗上铰链锈得起了鳞，木头的气味，泥土的气味，浓烈而且永久，令人消沉怅惘，不能自已。然而她能在这里活得很有劲。她一面教书，一面为同乡会做一些琐屑猥杂到不可想象的事。一天到晚看她在外面跑来跑去，与纸烟店理发店打交道，——同乡会有房子租给人住居开店，这种事她也得管！与党部保甲军队打交道，——一个"民众团体"直属或相关的机构有多少！编造名册，管理救济，跟同乡老太太谈话，听她诉苦，安慰她，而且去给她想办法，给她去跑！她一天简直不知道跑多少路。

我记得她那一阵穿了一双暗红色的鞋子，底极薄，脚步仍是一样的轻快匆忙。可是她并不疲倦，她用手掠上披下来的头发，高高兴兴的抱出孩子来给人看，看他的小床铺，小被褥，小披肩，小鞋子。提到她的生活，她作的事，语气中若有点称道，她还是用一个"哎呀"回答。这个"哎呀"不过不大同，声音低一点，呀字拖长，意思是"没有道理，别提它罢"。那种光景当然很难说是美满，但她实在是用一种力量维持了一个家庭的信心，教它不暗淡，不颓丧，在动乱中不飘摇惶恐。这也许是不足道的，有幻想的,聪明的,好看的女孩不愿或不屑做的。是的,但是这并不容易。用不着说崇高,单那点质朴实有不可及处。为了活下来,她作过许多卑微粗鄙的活计劳役,与她的身份全不相符的事,但都是正直而高贵的去做,没有在她的良心上通不过的。——当然结果都是白赔气力,不见得有好处,她为她自己的时候实在太少了。

许多陈迹我们知道得少而虚浮,时期也短暂,只是很概念的想起来,若在立丰和她更亲近人,一定——都是悲痛的种子。她那么不矜持的想活,为甚么放得下来了呢?从前我们常讨论死,讨论死的方式,似乎极少听见她说过惊人的或沉重的话。到北平后的情形不大清楚,但这一个时候或者某一时刻会移变捩转她的素性么?人生有甚么东西是诚然足以致命的,就在那一点上,不可挽回了?……这一切都近于费词,剩下的还是一句老话,愿她的灵魂安息罢。

瑞娟平生所写文章不多。我见过的很少。她的功力才分我都不大清楚。她并无以此立身名世之意,不过那样的生活竟然没有完全摧残她的兴趣,一直都还写一点,即使对别人都说不上甚么太大意义,但这是一点都不妨害人的事情,她若还活着,也许还会写下去的。对她个人说起来,生命用这一个方式使用,无论如何,总应当有其价值。这一篇篇末所书日期是十二月,当是去年,距离现在不过五个月。地点在北大东斋,是离平之前所写。手迹犹新,人已不在世上,她的朋友熟人若能看到,应当都有感慨的。

五月二十日谨记

昆明的叫卖缘起

尝读《一岁货声》而爱之。我们的国民之中竟有人认真其事的感情的留心叫卖的声音而用不大灵便的，有限制的工具——仅用文字，——传状得那么好，那么有声有色：从字的排列自然产生起落抑扬，游转摇曳，拖长与顿逗，因而想见种种风尘辛苦和透漏出来的聪明黠巧，爱美及一个尚能维持的生命在游戏中表现的欢愉，濒于饥寒代替哭泣的歌呼，那么准确，那么朴素无华而那么点动无尽的思念存惜，感怀触怅，怎么可以不涌出谢意呢。小时候我们多半都爱摹仿某一种或几种叫卖。我们在折纸船纸鸟的时候，在下河游了一会起来穿衣服的时候，在挨了骂的

---

* 初刊于一九四八年六月二十七日《大公报》，初收于人民文学版《汪曾祺全集》第四卷。

伤心气愤消去之后，在无所事事，无聊与兴致勃勃的时候，要是没有一两句新熟或者重温的歌占据我们的喉舌，我们常常自得其乐的哼哼起卖糖卖罗葡的调子来。有一回从昆明坐了火车到呈贡去看一个先生，一进门，刚坐定，先生问我话，我没听进去，到发现了自己的失态，才赶紧用力追捕那些漂失的字音，我的心在他的孩子身上了，他们学火车站卖面包鸡蛋糕的学得那么神似，那么快乐。从活动里生出的声音在寂静里听起来每多感动，然而我们的市声中要是除去了吆喝还剩下多少颜色呢？那么恐怕对于货卖的腔调的喜爱许是天性，不必是始于读了《一岁货声》之后了。但对于货声的兴趣更浓一点，懒惰笨拙如旧，懒惰笨拙但不能忘情，有时颇起记述昆明的几种声音的妄想，当是读了《货声》之所赐。我要是不是我，我完全的是我，这个工作也许在昆明的时候就做好了。离开昆明之后，我对于香港的太急躁刺激，近乎恐吓劫持的叫卖发过埋怨，他们大都是冒冒失失，不加修饰的报出货品名称，接着狂吼一毫子两毫子，几门几十门，用起毛发裂的声音无情的鞭打过路的人。上海的叫卖我学到的不多，有些太透迤婀娜，男人作女人腔；有些又重浊中杂着不自然的油滑；毛里毛气，洋里洋气，恐怕大都是从苏州的，宁波的，无锡或杭州的腔调脱胎嬗化且简漏堕落而成的，

昆明的叫卖缘起

真是本乡本土的本色的极少。叫卖在上海实在可怜极了，在汽车、电车、三轮车、八灯收音机和五光十色的霓虹灯的喧闹中，冲撞挤压得没有余地了。只有清晨倒马桶的，深夜卖白糖莲心粥的还能惊心动魄的，凄楚悲凉的叫。秋冬之际卖炒白果，是比较头脑清醒的时候，西风北风吹落法国梧桐，可得的温暖显得那么可爱的时候，然而里巷之间动情的听着卖白果的念叨的孩子已经渐渐的更少了。

"阿要吃糖炒熟白果。

香是香来糯是糯。

一粒白果鹅蛋大。"

底下没来由的接了一句：

"要吃白果！钱拿出来！"

甚至有的更糟：

"要吃白果！钞票拿出来！"

这实在太不客气，太不讲交情了。上海人总是那么实际又那么爱时髦。钱就是就是了，何必一定要指明现在通行的货币。既已知道要想从你手里得到碧绿如玉，娇黄微软，香是香来糯是糯的白果一定是摸过自己的口袋而走上来的，料想掏出来的还会是一把青铜钱么？为了达到目的，连最后一句的韵脚都不顾了么？你们叫着时不觉得别扭么？即使押韵稳当，话也说得更和气有礼，大概这一类的叫卖不久也就会失传了罢,上海大概从来没有游客对它的叫卖存过希望。北平是以货声出名的地方了,许多吃喝声我们在没有身历其境时就知道怎么叫了,然而"罗卜赛梨辣来换"极少配上不沙哑的嗓子,"硬面饽饽"在我的楼下也远不如我们外乡人在演曹禺的戏的时候所作的效果更有效果。而在揣摩着他们把"硬"字都念得开口过大成为"漾"字的时候,我想北平我们真是初来,乃不禁想起在昆明我们住了多久啊。"骄傲于被问路于自己,异乡人懂得水里的微笑",对不起,那实在不算得甚么。昆明的一条一条街,一条一条弯弯曲曲巷子,高高下下的坡,都说着就和盘托出来了,有去有来,有左有右,有光暗,有颜色,有感觉,有气味,而且,升起飘出来各种各种声音,那么丰富,那么亲切,那么自然,那么现现成成的,在我们的腹下,我们的喉头,我们的烟灰缸的上空,我们头靠着椅子的背后,教我们眼睛眯□,有光亮,我们的手指交握,搓揉,我们虚胸缩颈,舔掠唇舌,摩娑下巴,吞咽唾水,简直的不在乎自己是□态可掬了。这些声音真是入于肺腑,深在意识之中,随时与我们同在了。那么我们很有理由毫无顾忌的坚持着对于昆明的叫卖的偏爱了。——是偏爱,但世上若是除去了偏爱,剩下来的即使还有,那种爱是甚么一种不可想象的样子呢?——以后我要随时想起,随时记录下来了。其实我更希望有常识与专常的有心人,利用假期,以其余力,作这件事。如果他要,我可以把我的几则一齐送给他去。那当然不限定昆明一个地方,好!我连我的偏爱都可以捐弃。我有什么话想跟他说么?没有,除了一点,是不是可以弄得不太有条理?我的意思是说,喏,弄得好玩一点。

礼拜天早晨

礼拜天早晨

洗澡实在是很舒服的事。是最舒服的事。有甚么享受比它更完满，更丰盛，更精致的？——没有。酒，水果，运动，谈话，打猎，——打猎不知道怎么样，我没有打过猎……没有。没有比"浴"这个更美的字了。多好啊，这么懒洋洋的躺着，把身体交给了水，又厚又温柔，一朵星云浮在火气里。——我甚么时候来的？我已经躺了多少时候？——今天是礼拜天！我们整天匆匆忙忙的干甚么呢？有甚么了不得的事情非做不可呢？——记住送衣服去洗！

---

* 初刊于《文学杂志》一九四八年第三卷第六期，初收于北师大版《汪曾祺全集》第三卷。

再不洗不行了,这是最后一件衬衫。今天邮局关得早,我得去寄信。现在——表在口袋里,一定还不到八点吧。邮局四点才关。可是时间不知道怎么就过去了。"吃饭的时候"……"洗脸的时候"……从哪里过去了?——不,今天是礼拜天。礼拜天,杨柳,鸽子,教堂的钟声,教堂的钟声一点也不感动我,我很麻木,没有办法!——今天早晨我看见一棵凤仙花。我还是甚么时候看见凤仙花的?凤仙花感动我。早安,凤仙花!澡盆里抽烟总不大方便。烟顶容易沾水,碰一碰就潮了。最严重的失望!把一个人的烟卷浇上水是最残忍的事。很好,我的烟都很好。齐臻臻的排在盒子里,挺直,饱满,有样子,嗒,嗒,嗒,抽出来一枝,——舒服!……水是可怕的,不可抵抗,妖浊,我沉下去,散开来,融化了。阿——现在只有我的头还没有湿透,里头有许多空隙,可是与我的身体不相属,有点畸零,于是很重。我的身体呢?我的身体已经离得我很遥远了,渺茫了,一个渺茫的记忆,害过脑膜炎抽空了脊髓的痴人的,又固执又空洞。一个空壳子,枯索而生硬,没有汁水,只是一个概念了。我睡了,睡着了,垂着头,像马拉,来不及说一句话。

(……马拉的脸像青蛙。)

我的耳朵底子有点痒,阿呀痒,痒得我不由自主的一摇头。水摇在我的身体里顶秘奥的地方。是水,是——一只知了叫起来,在那棵大树上,(槐树,太阳映得叶子一半透明了,)在凤仙花上,在我的耳朵里叫起来。无限的一分钟过去了。今天是礼拜天。可怜虫亦可以休矣。都秋天了。邮局四点关门。我好像很高兴,很有精神,很新鲜。是的,虽然我似乎还不大真实。可是我得从水里走出来了。我走出来,走出来了。我的音乐呢?我的音乐还没有凝结。我不等了。

可是我站在我睡着的身上拧毛巾的时候我完全在另一个世界里了。我不知道今天怎么带上两条毛巾,我把两条毛巾裹在一起拧,毛巾很大。

你有过?……一定有过!我们都是那么大起来的,都曾经拧不动毛巾过,那该是几岁上?你的母亲呢?你母亲留给你一些甚么记忆?祝福你有好母亲。我没有,我很小就没有母亲。可是我觉得别人给我们洗脸举动都很粗暴。也许母亲不同,母亲的温柔不尽且无边。除了为了虚荣心,很少小孩子不怕洗脸的。不是怕洗脸,怕唤起遗忘的惨切经验,推翻了推翻过的对于人生的最初认识。无法推翻的呀,多么可悲的认识。每一个小孩子都是真正的厌世家。只有接受不断的现实之后他们才活得下来。我们打一开头就没有被当作一回事,于是我们只有坚强,而我们

礼拜天早晨

知道我们的武器是沉默。一边我们本着我们的人生观,我们恨着,一边尽让粗蠢的、野蛮的、没有教养的手在我们脸上蹂躏,把我们的鼻子搓来搓去,挖我们的鼻孔,掏我们的耳朵,在我们的皮肤上发泄他们一生的积怨,我们的颚骨在磁盆边上不停的敲击,我们的脖子拼命伸出去,伸得酸得像一把咸菜,可是我们不说话。喔,祝福你们有好母亲,我没有,我从来不给给我洗脸的人一毫感激。我高兴我没有装假。是的,我是属于那种又柔弱又倔强的性情的。在胰子水辣着我的眼睛,剧烈的摩擦之后,皮肤紧张而兴奋的时候我有一种英雄式的复仇意识,准备甚么都咽在肚里,于是,末了,总有一天,手巾往脸盆里一掼:"你自己洗!"

我不用说那种难堪的羞辱,那种完全被击得粉碎的情形你们一定能够懂得。我当时想甚么?——死。然而我不能死。人家不让我们死,我不哭。也许我做了几个没有意义的举动,动物性的举动,我猜我当时像一个临枪毙前的人。可是从破碎的动作中,从感觉到那种破碎,我渐渐知道我正在恢复;从颤抖中我知道我要稳定,从难堪中我站起来,我重新有我的人格,经过一度熬炼的。

可是我的毛巾在手里,我刚才想的甚么呢;我跑到夹层里头去了,我只是有一点孤独,一点孤独的苦味甜蜜的泛上来，像土里沁出水分。也许因为是秋天。一点乡愁，就像那棵凤仙花。——可是洗一个脸是多么累人的事呀，你只要把洗脸盆搁得跟下巴一样高，就会记起那一个好像已经逝去的阶段了。手巾真大，手指头总是把不牢，使不上劲，挤来挤去，总不对，不是那么回事。这都不要紧。这是一个事实。事实没有要紧的。要紧的是你的不能胜任之感，你的自卑。你觉得你可怜极了。你不喜欢怜悯。——到末了，还是洗了一个半干不湿的脸，永远不痛快，不满足，窝窝囊囊。冷风来一拂，你脸上透进去一层忧愁。现在是九月，草上笼了一层红光了。手巾搭在架子上，一付悲哀的形相。水沿着毛巾边上的须须滴下来，嗒——嗒——嗒——地板上湿了一大块，渐渐的往里头沁，人生多么灰暗。

我看到那个老式的硬木洗脸桌子。形制安排得不大调和。经过这么些时候的折冲，究竟错误在那一方面已经看不出来了，只是看上去未免僵窘。后面伸起来一个屏架，似乎本是配更大一号的桌子的。几根小圆柱子支住繁重的雕饰。松鼠葡萄。我永远忘不了松鼠的太尖的嘴，身上粗略的几笔象征的毛，一个厚重的尾巴。左边的一只。一个代表。每天早晨我都看他一次。葡萄总是十粒一串，排列是四，三，二，一。每粒一样大。我清清楚楚记得那张桌子的木质，那些纹理，只要远远的让我看到不拘那里一角我就知道。有时太阳从镂空的地方透过来，斜落在地板上，被来往的人体截断，在那个白地印蓝花的窗帘拉起来的时候。我记得那个厚磁的肥皂缸，不上釉的牙口磨擦的声音；那些小抽屉上的铜页瓣，时常的的的自己敲出声音，地板有点松了；那个嵌在屏架上头的椭圆形大镜子，除了一块走了水银的灰红色云瘢之外甚么都看不见。太高了，只照见天花板。——有时爬在凳子上，我们从里头看见这间屋子里的某部分的一个特写。我仿佛又在那个坚实，平板，充满了不必要的家具的大房间里了。我在里头住了好些年，一直到我搬到学校的宿舍里去寄宿。……有一张老式的"玻璃灯"挂在天花板上。周围垂下一圈坠子，非常之高贵的颜色。琥珀色的，玫瑰红的，天蓝的。透明的。——透明也是一种颜色。蓝色很深，总是最先看到。所以我有时说及那张灯只说"垂着蓝色的玻璃坠子"，而我不觉得少说了甚么。明澈，——虽然落上不少灰尘了，含蓄，不动。是的，从来没有一个时候现出一点不同的样子。有一天会被移走么？——喔，完全不可想象的事。就是这么永远的寂然的结挂在那个老地方，深藏，固定，在我童年生活过来的朦胧的房屋之中。——从来没有点过。

　　……我想到那些木格窗子了，想到窗子外的青灰墙，墙上的漏痕，青苔气味，那些未经一点剧烈的伤残，完全天然的销蚀的青灰，露着非常的古厚和不可挽救的衰素之气。我想起下雨之前。想起游丝无力的飘转。想起……可是我一定得穿衣服了。我有点腻。——我喜欢我的这件衬衫。太阳照在我的手上，好干净。今天似乎一切都会不错的样子。礼拜天？我从心里欢呼出来。我不是很快乐么？是的，在我拧手巾的时候我就知道我很快乐。我想到邮局门前的又安静又热闹的空气，非常舒服的空气，生活——而抽一根烟的欲望立刻淹没了我，像潮水淹没了沙滩。我笑了。

疯　子

我走着走着。……树，树把我盖覆了四步。——地，地面上的天空在我的头上无穷的高。——又是树。秋天了。紫色的野茉莉，印花布。累累的枣子。三轮车鱼似的一摆尾，沉着得劲的一脚蹬下去，平滑的展出去一条路。……阿，从今以后我经常在这条路上走，算是这条路的一个经常的过客了。是的，这条路跟我有关系，我一定要把它弄得很熟的，秋天了，树叶子就快往下掉了。接着是冬天。我还没有经验北方的雪。我有点累——甚么事？

在这些伫立的脚下路停止住了。路不把我往前带。车水马龙之间，眼前突然划出了没有时间的一段。我的惰性消失了。人都没有动作，本来不同的都朝着一个方向，我看到一个一个背，服从他们前面的眼睛摆成一种姿势。几个散学的孩子。他们向后的身躯中留了一笔往前的趋势。他们的书包还没有完全跟过去，为他们的左脚反射上来的一个力量摆在他们的胯骨上。一把小刀系在练子上从中指垂下来，刚刚停止荡动。一条狗耸着耳朵，站得笔直。

"疯子。"

这一声解出了这一群雕像，各人寻回自己从底板上分离。有了中心反而失去中心了。不过仍旧凝滞，举步的意念在胫踝之间徘徊。秋天了，树叶子不那么富有弹性了。——疯子为甚么可怕呢？这种恐惧是与生俱来的还是只是一种教育？惧怕疯狂与惧怕黑暗，孤独，时间，蛇或者软体动物其原始的程度，强烈的程度有甚么不同？在某一点上是否是相通的？他们是直接又深刻的撼荡人的最初的生命意识么？——他来了！他一步一步的走过来，中等身材，衣履还干净，脸上线条圆软，左眼下有一块颇大的疤。可是不仅是这块疤，他一身有说不出来的一种东西向外头放射，像一块炭，外头看起来没有甚么，里头全着了，炙手可热，势不可当。他来了，他直着眼睛走过来，不理会任何人，手指节骨奇怪的紧张。给他让路！不要触到他的带电的锋芒呀。可是——大家移动了，松散了，而把他们的顾盼投抛过去，——指出另一个方向。有疤的人从我身边挨肩而过，我的低沉的脉跳浮升上来，腹皮上的压力一阵云似的舒散了，这个人一点也不疯，跟你，跟我一样。

　　疯子在那里呢？人乱了，路恢复了常态，抹去一切，继续前进。一个一个姿势在切断的那一点接上了头。

　　　　　　　　　　　　三十七年九月，午门。

道 具 树

……西长安街。十一点。(钟在甚么地方敲。)月和雾,路灯。火车喘着气,汽笛在天边□响,在城市之外,又长又远又安详。汽车缎子似的一曳,一个环翘的圆弧,低低的贴着地面,再见,——消失了。三座门一层沉沉的影子,赶不开可是压不住,——一片树叶正在过桥哩。各种声音,柔润,温和,纯熟,依依的展出一片意义,我好像是一个绝域归来的倦客,吃过了又睡过了,第一次观察这个世界,充满清兴的时间,至情的夜。

(日子真不大好过啊,可是灾难这一会似乎放开我们了……)

---

* 初刊于一九四八年十一月二十八日天津《大公报》,初收于北师大版《汪曾祺全集》第三卷。

一棵树：满含月光的轻雾里，路灯投下一圈一圈的圆光，一个一个 spot，一棵矮树一半溶在光里了。一片一片浅黄的叶子，纤秀，苗条，（柳树么？）疏疏落落，微微飘动，（冬天，可是风多轻柔，）一片一片叶子如蘸水，鲜明极了，空中之色，□虚而在，卓然的分别于其周遭，而指出枝干的姿势。无比的生动：真实与虚幻相合，真实即虚幻，空气极其清冽，如在湖上，平坦的，远阔的夜啊。晚归的三五成阵的行人都有极好的表情。……

我热爱舞台生活！（甚么东西叫我激动起来了。）我将永远无法让你明白那种生活的魅力啊。那是水里的月，而我毫不犹豫用这两个字说明我的感情：醉心。你去试试看，你只要在里头泡过一阵，你就说不出来有一种瘾。这些你是都可以想象得到的：节奏的感觉，形式的完美的感觉，你亲身担当一个匀称和谐的杰作的一笔，你去证明一种东西。艰难的克服和艰难本身加于你的快感；紧张得要命，跟紧张作伴的镇定，和甜美的，真是甜美的啊，那种松弛。创造和被创造，甚么是真值得快乐的？——胜利，你体验"形成"，形成是一个实实在在的东西。你不能怀疑，虚空的虚空么，好，"咱们台上见！"——你说我说的是戏剧本身，赞美的是演出么？是的，那是该赞美的，凡是弄戏的都有一个当然的信念：一切为了演出。愿我们

道 具 树

持有这个信念罢。可是你不是说的是演员?演员有演员的快乐,但今天我们暂时不提及属于个人部分的东西。整个的。从一个剧本的"来到我们手里",到拆台,到最后一个戴起帽子,扣好衣服,点起一根烟,从后楼上窗户斜射到又空又大的池座中的阳光中走出来,惆怅又轻松,依依的别意,离开戏园子,这个家,为止。每一个时候你都觉得有所为,清清楚楚的知道你的存在的意义。你在一个宏壮的舞台之中,像潮水,一起向前;而每个人是一个象征。我惟在戏剧圈子里见识过真正的友谊。在每个人都站在戏剧之中的时候,真是和衷共济,大家都能为别人想,都恳切。人是个甚么样的人在那时候看得最清楚,而好多人在弄戏的时候,常跟在"外头"不一样。于是坦易,于是脱俗,于是,快乐了。忙是真忙呀,手体四肢,双手大脑,一齐并用,可喜的是你觉得你早应当疲倦的时候你还有精力,可是你知道你平常的疲倦都因为烦闷,你看懂疲倦了。烟是个烟,水是杯水,一切那么"是个味儿",一切姿势都可感,一切姿势都是充分的。……

(喔,我离开那种生活日子已久了,你看……)

一直到戏"搬出来"。戏在台上演,在"完全良好"的情形下进行,你听,真静,鸦雀无声!多广大呀,多丰满呀。你直接走到戏剧里头,贴到戏剧顶内在,顶深秘的东西，戏剧的本质了，一瓣花在展开，一脉泉在悸动，一缕风在轻轻运送。我爱轻手轻脚的，——说不出的小心入微，从布景后面纵横复杂的铁架子之间走过，站一站，看一看从前面透过来的光，一个花□或者别的东西印在布景上的影子。默念台上的动作，表情，然后从两句已经永不走样的剧词之间溜下来。我每天都要走这么一两趟，我的心充满了感情，像春一样的柔软。

而我爱在杂乱的道具室里休息。爱在下一幕要搬上去的沙发里躺一躺，爱看前一幕撤下来的书架上的书。我爱这些奇异的配合，特殊的秩序，这些因为需要而凑在一起的不同。这些不同时代，不同作风，属于不同社会，不同的人的形形色色，环绕在我身旁，不但不倾轧，不矛盾，而且还会流通起来，形成一场盛宴。我爱这么搬来搬去，这种不定，这种暂时的永久。我爱这种偶然，这种认真其是，这种庄严的做作。——我爱在一棵伪装的，钉着许多木条，叶子已经半干，干子只有半爿的，不伦不类，样子滑稽的树底下坐下来，抽烟，思索。我的思想跟在任何一棵树下没有甚么不同，而且，我简直要说，不是任何一棵树下所能有的，那么清醒，那么流动，那么纯净无滓。

（喔，我需要一棵树，现在，——每一个时候……）

十一月十七日。午门。

黑罂粟花
——《李贺歌诗编》读后

第一　李贺的精神生活

下午六点钟，有些人心里是黄昏，有些人眼前是夕阳。金霞，紫霭，珠灰色淹没远山近水，夜当真来了，夜是黑的。

有唐一代，是中国历史上最豪华的日子。每个人都年轻，充满生命力量，境遇又多优裕，所以他们做的事几乎是全是从前此后人所不能做的。从政府机构、社会秩序，直到瓷盘、漆盒，莫不表现其难能的健康美丽。当然最足以记录豪华的是诗。但是历史最严刻。一个最悲哀的称呼

＊本文作于一九四四年，为作者代西南联大同学杨毓珉所作读书报告，初收于人民文学版《汪曾祺全集》第九卷。

终于产生了——晚唐。于是我们可以看到暮色中的几个人像——幽暗的角落，苔先湿，草先冷，贾岛的敏感是无怪其然的；眼看光和热消逝了，竭力想找另一种东西来照耀漫漫长夜的，是韩愈；沉湎于无限好景，以山头胭脂作脸上胭脂的，是温飞卿、李商隐；而李长吉则是守在窗前，望着天，头晕了，脸苍白，眼睛里飞舞各种幻想。

长吉七岁作诗，想属可能，如果他早生几百年，一定不难"一日看尽长安花"。但是在他那个时代，便是有"到处逢人说项斯"，恐怕肯听的人也不多。听也许是听了，听过只索一番叹息，还是爱莫能助。所以他一生总不得意。他的《开愁歌》笔下作：

秋风吹地百草干，华容碧影生晚寒。我当二十不得意，一心愁谢如枯兰。衣如飞鹑马如狗，临歧击剑生铜吼……

说的已经够惨了。沈亚之返归吴江，他竟连送行钱都备不起，只能"歌一解以送之"，其窘尤可想见。虽然也上长安去"谋身"，因为当时人以犯讳相责，虽有韩愈辩护，仍不获举进士第。大概树高遭嫉，弄的落拓不堪，过"渴饮壶中酒，饥拔陇头粟"的日子。

长安有男儿，二十心已朽。

一团愤慨不能自已。所以他的诗里颇有"不怪"的。

比如：

> 别弟三年后，还家一日余。醽醁今夕酒，缃帙去时书。病骨犹能在，人间底事无？何须问牛马，抛掷任枭卢。

不论句法、章法、音节、辞藻，都与标准律诗相去不远，便以与老杜的作品相比，也堪左右。想来他平常也作过这类诗，想规规矩矩的应考作官，与一般读书人同一出路。

> 凄凄陈述圣，披褐钽俎豆。学为尧舜文，时人责衰偶。

十分可信。可是：

> 天眼何时开？

他看的很清楚：

> 只今道已塞，何必须白首。

只等到，

> 三十未有二十余，

依然，

> 白日长饥小甲蔬。

于是，

> 公卿纵不怜，宁能锁吾口。

他的命运注定了去作一个诗人。

他自小身体又不好，无法"收取关山五十州"，甘心"寻章摘句老雕虫"了。韩愈、皇甫湜都是"先辈"了，李长吉一生不过二十七年，自然看法不能跟他们一样。一方面也是生活所限，所以他愿完全过自己的生活。《南园》一十三首中有一些颇见闲适之趣。如：

> 春水初生乳燕飞，黄蜂小尾扑花归。窗含远色通书幌，鱼拥香钩近石矶。

> 边让今朝忆蔡邕，无心裁曲卧春风。舍南有竹堪书字，老去溪头作钓翁。

说是谁的诗都可以，说是李长吉的诗倒反有人不肯相信，因为长吉在写这些诗时，也还如普通人差不多。虽然

> 遥岚破月悬，长茸湿夜烟，

已经透露一点险奇消息，这时他没有意把自己的诗作出李长吉的样子。

他认定自己只能在诗里活下来，用诗来承载他整个生命了。他自然的作他自己的诗。唐诗至于晚唐，甚么形式都有一个最合适的作法，甚么题目都有最好的作品。想于此中求自立，真不大容易。他自然的另辟蹊径。

他有意藏过自己，把自己提到现实以外去，凡有哀乐不直接表现，多半借题发挥。这时他还清醒，他与诗之间还有个距离。其后他为诗所蛊惑，自己整个跳到诗里去，

跟诗融成一处，诗之外再也找不到自己了，他焉得不疯。

时代既待他这么不公平，他不免缅想往昔。诗中用古字地方不一而足。眼前题目不能给他刺激，于是他索性全以古乐府旧调为题，有些诗分明是他自己的体，可是题目亦总喜欢弄得古色古香的，例"平城下"、"溪晚凉"、"官街鼓"，都是以"拗"令人脱离现实的办法。

他自己穷困，因此恨极穷困。他在精神上是一个贵族，他喜欢写宫廷事情，他决不允许自己有一分寒伧气。其贵族处尤不在其富丽的典实藻绘，在他的境界。我每读到："腰围白玉冷"，觉得没有第二句话更可写出"贵公子夜阑"了。

他甚至于想到天上些多玩意，"梦天"、"天上谣"，都是前此没听见说过的。至于神，那更是他心向往之的。所以后来有"玉楼赴会"附会故事已不足怪。

凡此都是他的逃避办法。不过他逃出一个世界，于另一世界何尝真能满足。在许多空虚东西营养之下，当然不会正常。这正如服寒石散求长生一样，其结果是死得古里古怪。说李长吉呕心，一点不夸张。他真如千年老狐，吐出灵丹便无法再活了。

他精神既不正常，当然诗就极其怪艳了。他的时代是黑的，这正作了他的诗的底色。他在一片黑色上描画他的梦：一片浓绿，一片殷红，一片金色，交错成一幅不可解的图案。而这些图案充满了魔性。这些颜色是他所向往的，是黑色之前都曾存在过的，那是整个唐朝的颜色。

李长吉是一条在幽谷中采食百花酿成毒，毒死自己的蛇。

原题本为诗人白居易，提笔后始觉题目太广，临时改写李贺。初拟写两段，一写其生活，一写其诗，奈书至此天已大亮。明天当有考试，只好搁笔。俟有暇当再续写。

十九日晨　五时

短篇小说的本质
——在解鞋带和刷牙的时候之四

我们必须暂时稍微与世界隔离，不老揣不开我们是生活在怎样一个国度里这个意识，这就是说，假定我们有一个地方，有一种空气，容许并有利于我们说这个题目。不必要在一个水滨，一个虚廊，竹韵花影；就像这儿，现在，我们有可坐的桌子凳子，有可以起来走两步的空当，有一点随便，有说或不说的自由；没有个智慧超人，得意无言的家伙，脸上不动，连狡诡的眯眼也不给一个的在哪儿听着；没有个真正的小说家，像托老头子那样的人会声势凌人的闯进来；而且我们不是在"此处不是讲话之地"的大街上高谈阔论；这也就够了。我们的话都是草稿的草

---

* 初刊于一九四七年五月三十一日天津《益世报·文学周刊》第四十三期，初收于北师大版《汪曾祺全集》第三卷。

稿，只提出，不论断，几乎每一句前面都应加一句：假定我们可以这样说。我们所说的大半是平时思索的结果，也可能是从未想过，临时触起，信口开河。我想这是常有的事，要说的都没有说，尽招架了些不知从那儿斜刺里杀出来的程咬金。有时又常话到嘴边，咽了下去；说了一半，或因思绪散断，或者觉得看来很要紧的意见原来毫不相干，全无道理，接不下去了。这都挺自然，不勉强，正要的是如此。我们是一些喜欢读，也多少读过一点，甚至想动笔，或已经试写了一阵子小说的人，可是千万别把我们的谈话弄得很职业气。我们不大中意那种玩儿票的派头，可是业余的身份是我们遭遇困难时的解脱藉口。不知为不知，我们没有责任搜索枯肠，找话支吾。我们说了的不是讲义，充其量是一条一条的札记，不必弄得四平八稳，分量平均，首尾相应，具一格局。好了，我们已经很不受拘束，放心说话吧。声音大，小，平缓，带舞台动作，发点脾气，骂骂人，一切随心所欲，悉听尊便。

在这许多方便之下，我呈出我的一份。

无庸讳言，大家心照，所有的话全是为了说的人自己而说的。唱大鼓的走上来，"学徒我今儿个伺候诸位一段大西厢"。唱到得意处，得意的仍是他自己。听唱的李大爷，王二爷也听得颇得意，他们得意的也是他们自己。我觉得李大爹王二爷实际也会唱得极好，甚至可能比台上人更唱得好，只是他们没有唱罢了。李大爹王二爷自小学了茶叶店糕饼店生意，他们注定了要搞旗枪明前，上素黑芝麻，他们没有学大鼓。没有学，可是懂。他摸得到顿、拨、沉、落、迴、扭、煞诸种差之毫厘失之千里的那么点个妙处。所以李大爹王二爷是来听他们自己唱，不，简直听他们自己整个儿的人来了。台上那段大西厢不过是他们的替身，或一部分的影子。李大爹看了一眼王二爷，头微微一点，王二爷看了一眼李大爹，头也那么一点。他们的意思是"是了！"在这一点上劳伦斯的"为我自己"，克罗采的传达说，我都觉得有道理。——阿，别瞪我，我只是借此而说明我现在要说的话是一个甚么性质。这，也是我对小说作者与读者间的关系的一个看法。这等一下大概还会再提起。真是，所有的要说恐怕都只是可以连在一处的道白而已。

时下的许多小说实在不能令人满意！

教我们写作的一位先生几乎每年给他的学生出一个题目：一个理想的短篇小说。——我当时写了三千字，不知说了些甚么东西；现在想重新交一次卷，虽然还一样不知会说些甚么东西。——可见，他大概也颇觉得许多小说不顶合乎理想。所以不顶理想，因为一般小说都好像有那么一个"标准"：

一般小说太像个小说了，因而

不十分是一个小说。

悬定一个尺度，很难。小说的种类将不下于人格；而且照理两者的数量（假如可以计算）应当恰恰相等；鉴别小说，也如同品藻人物一样的不可具说。但我们也可以像看人一样的看小说，凭全面的，综合的印象，凭直觉。我们心平气和，体贴入微的看完一篇东西，我们说：这是小说，或者不是小说。有时候我们说的是这够或不够是一个小说。这跟前一句话全一样，够即是，不够的不是。在这一点上，小说的读者，你不必客气，你自然先假定自己是"够了"。哎，不必客气，这个够了并不是什么了不起的事情。不够，你还看什么小说呢！

那个时候，我因为要交卷，不得不找出一个"理想"的时候，正是卞之琳先生把《亨利第三》、《军旗手的爱与死》翻过来的时候，手边正好有一本，抓着就是，我好像蹩了一点气，在课堂上大叫：

"一个理想的短篇小说应当是像《亨利第三》与《军旗手的爱与死》那样的！"

现在我的意思仍然如此，我愿意维持原来的那点感情，不过觉得需要加以补充。

我们看过的若干短篇小说，有些只是一个长篇小说的大纲，一个作者因为时间不够，事情忙，或者懒，有一堆材料，他大概组织分布了一下，有时甚至连组织分布都不干，马马虎虎的即照单抄出来交了货，我们只看到有几个人，在那里，做了什么事，说话了，动作了，走了，去了，死了。有时作者觉得这太不像小说，（就是这个倒霉的觉得害了他！）小说不能单是一串流水账，于是怎么样呢？描写了把那个人从头到脚的像裁缝师傅记出手下摆那么记一记，清楚是清楚了，可是我们本来心里可能有的浑然印象反教他挤掉了。我们只落得一堆零碎料子，多高的额头，多大的鼻子，长腿或短腿；外八字还是内八字脚，……这些"部分"彼此不粘不靠，不起作用，不相干。还有更不相干的，是那些连篇累牍的环境渲染。有时候我们看那段发生在秋天的黄昏的情节，并不是一定不能发生在春天的早晨。在进行演变上，落叶，溪水，夕阳，歌声，蟋蟀，当然风马牛不相及。这是七巧板那么拼出来的，是人为的，外加的，生造的不融合的。他没有把这些东西当着是从故事中分泌出来，为故事的一个契机，一分必不可少的成分。他的文字不是他要说的那个东西本身。自然主义用在许多人手里成了一个最不自然的主义。这些人为主义而牺牲了。有些，说得周详慎密[1]，结构紧严，力量不懈，交待干净，不浪费笔墨也不偷工减料，文字时间与故事时间合了拍，把读者引上了路，觉得舒服得很；可是也只好算长篇小说之一章，很好的一章而已。更多的小说，比较鲜明生动，我以为把它收入中篇小说，较为佳适。再有一种则是"标准的"短篇小说。标准的短篇小说不是理想的短篇小说，也不能令我们满意。

我们的谈话行将进入一个比较枯糙困难的阶段，我们怕不能摆脱习惯的衍讲方式。我们尽量想避开让我们踏脚，也致我们疲惫的抽象名词，但事实上不易办到。先歇一歇力，在一块不大平滑的石头上坐一坐；给短篇小说来讲一个定义：不用麻烦拣选，反正我们掉一掉身子马上就来。中学教科书上写着，短篇小说是：

用最经济的文学手腕，描写事实中最精采的一段或一面。

我们且暂时义务的为这两句话作一注释。或者六经注我，靠它的帮忙说话。

我们不得已而用比喻，扣槃扪烛，求其大概。吴尔芙夫人以在火车中与白朗宁太太同了一段路的几位先生的不同感情冲动譬象几种不同的写小说法，我们现在单摘取同

---

[1] "慎密"疑为"缜密"。——编者注

车一事来说明小说与其人物的关系。设想一位作者，我们称他为×先生，在某处与白朗宁太太一齐上了车，火车是小说，车门一关，汽笛拉动，车开了，小说起了头。×先生有墨水两瓶，钢笔尖二盒，一箱子纸，四磅烟草，白朗宁太太有的是全部生活。×先生收心放志，集中精神，松开领子，咬起大烟斗，白朗宁太太开始现身说法，开始表演。我们设想火车轨道经行之地是白朗宁太太的生活，这一列车随处可停，可左可右，可进可退，给×先生以诸方便，他可以得到他所需要的白朗宁太太生活中任何场景节目。白朗宁太太生来有个责任，即被写在小说里，她不厌烦，不掩饰省略，妥妥实实回答×先生一切问话。好了，除去吃饭睡觉等不可不要的动作之外，白朗宁太太一生尽在此中，×先生也颇累了，他们点点头，下车，分别。小说完成！

先生，你觉得这是可能的么？

有人说历史这个东西就是历史而已，既不是科学，也算不得是艺术。我们埋葬了一部分小说，也很可以在它们的墓碑上刻这样两句话。而且历史究竟还是历史，若干小说常不是科学，不是艺术，也不成其为小说。

长篇小说的本质，也是它的守护神，是因果。但我们很少看到一本长篇小说从千百种可能之中挑选出一个，一个一个连编起来，这其间有什么是必然，有决定性的。人的一生是散漫的，不很连贯，充满偶然，千头万绪，兔起鹘落，从来没有一个人每一秒钟相当于小说的一段，一句，一字，一标点，或一空格，而长篇小说首先得悍然不顾这个情形。结构，这是一个长篇最紧要的部分，而且简直是小说的全部，但那根本是个不合理的东西。我们知道一个小说不是天成的，是编排连缀出来的，我所怀疑的是一个作者的精神是否能够照顾得过来，特别是他的记忆力是不是能够写到第十五章时还清清楚楚对他在第三章中所说的话的分量和速度有个印象？整本小说是否一气呵成天衣无缝，增一分则太长，减一分则太短，不能倒置，翻覆，简直是那样便是那样，毫无商量余地了？

　　从来也没有一个音乐家想写一个连续演奏十小时以上的乐章吧，（读《战争与和平》一遍需要多少时候？）而我们的小说家，想做不可能的事。看他们把一厚册一厚册的原稿销毁，一次一次的重写，我们寒心那是多苦的事。有几个人，他们是一种英雄式的人，自人中走出，与大家不同，他们不是为生活而写，简直活着就为的是写他的小说，他全部时间入于海，海是小说，居然做到离理想不远了。第一个忘不了的是狠辣的陀思退亦夫斯基。他像是一咬牙就没有松开过。可是我们承认他的小说是一种很伟大的东西,却不一定是亲切的东西。什么样的人是陀思退亦夫斯基的合适读者?

应是科学家。

我宁愿通过工具的艰难,放下又拿起,翻到后面又倒回前头,随便挑一节,抄两句,不求甚解,自以为是,什么时候,悠然见南山,飞鸟相与还,以我之所有向他所描画的对照对照那么读一遍《尤利色斯》去。

小说与人生之间不能描画一个等号。

于是有中篇小说。

如果读长篇小说的时间是阴冷的冬夜,那么中篇小说是宜于在秋天下午。一本中篇正好陪我们过五六点钟,连阅读带整个人受影响作用,引起潜移默化所需的时间。

一个长篇的作者自己在他的小说中生活过一遭,他命使读者的便是绝对的入乎其内。一个长篇常常长到跟人生一样的长,(这跟我们前面一段有些话并不相冲突,)可以说是另外一个人生,尽可以跟我们这一个完全一样,但□□是另外一个。(不是一段,一面,)我们必须放开我们自己的恩怨憎喜,宗教饮食,被拉了上去,关上门,靠窗坐定,随那节车子带我们到那里去旅行。作者作向导,山山水水他都熟习,而假定我们一无所知。我们只有也必须死心塌地的作个素人。我们应当视而不见,听而不闻,食而不知其味；应当醉于书中的酒，字里的香，我们说：哦，这是玫瑰，多美，这是山，好大呀！好像我们从来没有见过一座山，不知道玫瑰是甚么东西。——可是一般人不是那么容易的死于生活，活于书本，不会一直入觳。有比较体贴，近人情，会说话的可爱的人就为了我们而写另外一种性质的书，叫作中篇小说。(Once upon a time) 他自自然然的谈起来了。他跟我们抵掌促膝，不高不可攀，耳提指图，他说得流利，娓婉，不疾不徐，轻重得当，不口吃，不上气不接下气，他用志不纷，胸有成竹。他才说了十多分钟，我们已经觉得：他说得真好。我们入神了，领首了，暖然似春，凄然似秋了，毫不反抗的给出他向我们要的感动。有话则长，无话则短，他知道他是在说一个故事。花开两朵，各表一枝，分即全，一切一切，他不弄得过分麻烦冗重。有时他插一点闲话，聊点儿别的；他更带着一堆画片，一张一张拍得光线强弱，距离远近都对了的照相，他一边说故事，一边指点我们看。这些纪念品不一定是绘摄的大场面，有时也许一片阳光，一堆倒影，破风上一角残蚀的浮雕，唱歌的树，嘴上生花的人，……我们也明知他提起这话目的何在，但他对于那些小玩意确具真情，有眼光，而且趣味与我们相投，但听他说说这些即颇过瘾了。我们最中意的是他要我们跟他合作。他空出许多地方,留出足够的时间,让读者自己说。他不一个劲儿讲演,他也听。来一杯咖啡么,我们的中篇小说家?

如果长篇小说的作者与读者的地位是前后,中篇是对面,则短篇小说的作者是请他的读者并排着起坐行走的。

常听到短篇小说的作者劝他的熟人:"你也写么,我相信你可以写得很好。没有什么了不起的,花一点时间,多试验几种方法,不怕费事,找到你觉得那么着写合适的形式,你就写,不会不成功的。凭你那个脑子,那点了解人事的深度,生活的广度,对于文字的精敏感觉,还有那一分真挚深沉的爱,你早就该着笔了。"短篇小说家从来就把我们当着跟他一样的人,跟他生活在同一世界之中,对于他所写的那回事的前前后后也知道得一样仔细真切。我们与他之间只是为不为,没有能不能的差异。短篇小说的作者是假设他的读者都是短篇小说家的。

唯其如此,他才能挑出事实中最精采的一段或一面,来描写。

也许有人天生是个短篇小说家,他只要动笔,得来全不费工夫,他一小从老祖母,从疯瘫的师爷,从鸦片铺上、茶馆里,码头旁边,耳濡目染,不知不觉之中领会了许多方法;他的窗口开得好,一片又一片的材料本身剪裁的好好的在那儿,他略一凝眸,翩翩已得;交出去,印出来，大家传诵了，街谈巷议，"这才真是我们所需要的，从头到尾，每一个字是短篇小说！"而我们的作者倚在他的窗口悠然下看：这些人扰攘些甚么，甚么事大惊小怪的？风吹得他身轻神爽，也许他想到一条河边走走，听听修桥工人唱那种忧郁而雄浑的歌去；而在他转身想带着他的烟盒子时，窗下一个读者议论他的小说，激动的高叹声吸引了他，他看了一眼，想：甚么叫小说么，问我，我可不知道，你那个瘦瓜瓜的后脑，微高的左肩，正是我需要的，我要把你写下来，你就是小说，傻小子，你为甚么不问问你自己？他不出去了。坐下，抽上两枝烟，到天黑肚饥时一篇小说也已经写了五分之四，好了，晚饭一吃，一天过去，他的新小说也完成了；但大多数的小说作者都得经过一个比较长时期的试验。他明白，他必须"找到了自己的方法"，必须用他自己的方法来写，他才站得住，他得在浩如烟海的文学作品，在也一样浩如烟海的短篇小说之中，为他自己的篇什觅得一个位置。天知道那是多么荒时废日的事情！

　　世上尽有从来不看小说的诗人，但一个写短篇小说的人能全然不管前此与当代的诗歌么？一个小说家即使不是彻头彻尾的诗人，至少也是半仙之分，部分的诗人，也许他有时会懊悔他当初为什么不一直推敲韵脚，部署抑扬，飞上枝头变凤凰，什么一念教他拣定现在卑微的工作的？他羡慕戏剧家的规矩，也向往散文作者的自在，甚至跟他相去不远的长篇中篇小说家他也嫉妒。威严，对于威严的敬重；优美的风度，对于优美风度的友爱，他全不能有，得不着。短篇小说的作者所希望的是给他的劳绩一个说得过去的地位。他希望报纸的排字工人不要把他的东西拆得东一块西一块的，不要随便给它分栏，加什么花边，不要当中挖了一方嵌一个与它毫不相干的木刻漫画，不要在一行的头上来一个吓人的惊叹号，不要在他的文章下面补两句嘉言语录，名人轶事，还有错字不太多，字体稍为清楚一点；……对于一个杂志的编辑他很想求求他一个稍为公平一点的篇幅，他希望天地头留着大些，前头能空出两页不印最好。……他不是难伺候，闹脾气，他是为了他的文章命运而争。他以为他的小说的形式即是他要表达的那个东西本身，不能随便玷辱它，而且一个短篇没有写出的比写出来的要多得多，需要足够的空间，好让读者自己从从容容来抒写。对于较长篇幅的文章，一般读者有读它的心理准备，他心甘情愿的让出时间，留下闲豫，来接受一些东西。只要披沙拣金，往往见宝，即为足矣。他们深切的感到那份力量，领得那种智巧。而他们读短篇小说则都是誓歼灭此而后朝食，你不难想象一个读者如何恶狠狠的抓过一篇短篇小说，一边嚼着他的火腿面包，一边狼吞虎咽的看下去，忽然拍案而起，"混蛋，这是什么平淡无奇的东西！"他骂的是他的咖啡，但小说遭了殃，他叭了一下扔了，挤起左眼看了那个可怜的题目，又来了一句，"什么东西！"好了，他要是看进去两句那就怪。一个短篇小说作者简直非把它弄得灿若舒锦，无处不佳不可！小说作者可又还不能像一个高大强壮的猪眼厨师傅两手撑在腰上大吼"就是这样，爱吃不吃！"即是真的从头到尾都是心血，你从那里得到青眼？

这位残暴的午茶餐客如果也想，他想的是：这是什么玩意，谁写不出来，我也……真的，他还不屑于写这种东西！我们原说过，只要他肯，他未始不可以写短篇小说。我们不能怪他，第一他生活太忙，太乱，而且受到许多像那位猪眼大师傅的气，他想借小说来忘去他的生活，或者真的生活一下，短篇似乎不能满足他；第二，他相当有文学修养，他看过许多诗，戏剧，散文，他还更看过那么多那么多的小说，再不要看这一篇。一个短篇小说作家，你该怎么办？

短篇小说能够一脉相承的存在下来，应当归功于代有所出的人才，不断给它新的素质，不断变易其面目，推广，加深它。日光之下无新事，就看你如何以故为新，如何看,如何捞网捕捉,如何留住过眼烟云,如何有心中的佛,花上的天堂。文学革命初期以"创作"称短篇小说,是的,你要创作。你不应抄袭别人,要叫你有你的,有不同于别人的;且不能抄袭自己,你不能叫这一篇是那一篇的副本,得每一篇是每一篇的样子,每一篇小说有它应当有的形式,风格。简直的,你不能写出任何一个世界上已经有过的句子。你得突破,超出,稍偏颇于那个"标准"。这是老话,但须要我们不断的用各种声音提起。

我们宁可一个短篇小说像诗,像散文,像戏,什么也不像也行,可是不愿意它太像个小说,那只有注定它的死灭。我们那种旧小说,那种标准的短篇小说,必然将是个历史上的东西。许多本来可以写的在小说里的东西老早老早就有另外方式代替了去。比如电影,简直老小说中的大部分,而且是最要紧的部分,它全能代劳,而且比较更准确,有声有形,证诸耳目,直接得多。念小说已成了一个过时的娱乐,一种古怪固执的癖好了。此世纪中的诗,戏,甚至散文,都已显然与前一世纪异趣,而我们的小说仍是十八世纪的方法,真不可解。一切全因制度的变而变了,小说动得那么懒,什么道理。

我们耳熟了"现代音乐","现代绘画","现代塑刻","现代建筑","现代服装","现代烹调术",可是"现代小说"在我们这儿远是个不太流行的名词。唉！"小说的保守性"，是个值得一作的毕业论文题目；本来小说这东西一向是跟在后面老成持重的走的。但走得如此之慢，特别是在东方一个又很大又很小的国度中简直一步也不动，是颇可诧异的现象。多打开几面窗子吧，这里的空气实在该换一换，闷得受不了了。

多打开几面窗子吧！只要是吹的，不管是什么风。

也好，没有人重视短篇小说，因此它也从来没有一个严格的画界，我们可以从别的部门搬两块石头来垫一垫基脚。要紧的是要它改一改样子再说。从戏剧里，尤其是新一点的戏里我们可以得到一点活泼，尖深，顽皮，作态。（一切在真与纯之上的相反相成的东西。）萧伯纳皮蓝德娄从小说中偷去的，我们得讨一点回来。至于戏的原有长处，节奏清显，擒纵利落，起伏明灭，了然在心，则许多小说中早已暗暗的放进去了。小说之离不开诗，更是昭然若揭的。一个小说家才真是个谪仙人，他一念红尘，堕落人间，他不断体验由泥淖至青云之间的挣扎，深知人在凡庸，卑微，罪恶之中不死去者，端因还承认有个天上，相信有许多更好的东西不是一句谎话，人所要的，是诗。一个真正的小说家的气质也是一个诗人。就这两方面说，《亨利第三》与《军旗手的爱与死》，是一个理想的型范。

我不觉得我的话有什么夸张之处。那两篇东西所缺少的，也许是一点散文的美，散文的广度，一点"大块噫气其名为风"的那种遇到什么都抚摸一下，随时会留连片刻，参差荇菜，左右缭之，喜欢到亭边小道上张张望望的，不衫不履，落帽风前，振衣高岗的气派，缺少点开头我要求的一点随意说话的自然。

太戈尔告诉罗曼罗兰他要学画了，他觉得有些东西文字表达不出来，只有颜色线条胜任；勃罗斯忒在他的书里忽然来了一段五线谱，任何一个写作的人必都同情，不是同情，是赞同他们。我们设想将来有一种新艺术，能够包融一切，但不复是一切本来形象，又与电影全然不同的，那东西的名字是短篇小说。这不知什么时候才办得到，也许永远办不到。至少我们希望短篇小说能够吸收诗，戏剧，散文一切长处，而仍旧是一个它应当是的东西，一个短篇小说。

我们前面既说过一个短篇小说的作者假定他的读者都是短篇小说家，假定读者对于他所依附而写的那回事情的前前后后清楚得跟他自己一样，假定读者跟他平肩并排，所以"事"的本身在短篇小说中的地位行将越来越不重要。一个画家在一个乡下人面前画一棵树，他告诉他"我画的是那棵树"。乡下人一面奇怪树已经直端端生在那儿了，画它干什么？一面看了又看，觉得这位先生实在不大会画，画得简直不像。一会儿画家来了个朋友，也是一个画家。画家之一画，画家之二看，两人一句话不说。也许有时他们互相看一眼，微微一点头，犹如李大爹王二爷听大鼓，眼睛里一句话："是了！"问画家到底画的甚么，他该回答的是："我画那个画"。真正的小说家也是，不是为写那件事，他只是写小说。——我们已经听到好多声音，"不懂，不懂！"其实他懂的，他装着不懂。毕加索给我们举了一个例。他用同一"对象"画了三张画，第一张人像个人，狗像条狗；第二张不顶像了，不过还大体认得出来；第三张，简直不知道是什么东西了。人应当最能够从第三张得到"快乐"，不过常识每每把人谋害在第一张之前。小说也许不该像第三张，但至少该往第二张上走一走吧？很久以前，有人提出"纯诗"的理想，纪德说过他要写"纯小说"；虽未能至，心向往之。我们希望短篇小说能向"纯"的方向作去，虽然这里所说的"纯"与纪德所提出的好像不一样。严格说来，短篇小说者，是在一定时间，一定空间之内，利用一定工具制作出来的一种比较轻巧的艺术，一个短篇小说家是一种语言的艺术家。——我看出有人颇不耐烦了，他心里泛起了一阵酸，许多过了时的标准口号在他耳根雷鸣，他随便抓得一块砖头，"唯美主义"，要往我脑袋上砸。

短篇小说的本质——在解鞋带和刷牙的时候之四

听我告诉你一个秘密,我有个朋友,是个航空员,他凭一股热气,放下一切,去学开飞机,百战归来,同班毕业的已经所剩无几了;我问他你在天上是否不断的想起民族的仇恨?他非常严肃的说:"当你从事于某一工作时,不可想一切无关的事。我的手在驾驶盘上,我只想如何把得它稳当,准确。我只集中精神于转弯,抬起,俯降。我的眼睛看着前头云雾山头。我不能分心于外物,否则一定出毛病。——有一回 C 的信上说了我几句话,教我放不下来,我一翅飞到芷江上空,差点儿没跟她那几句一齐摔下去!"小说家在安排他的小说时他也不能想得太多,他得沉酣于他的工作。他只知道如何能不颠不簸,不滞不滑,求其所安,不摔下来跌死了。一个小说家有什么样的责任,这是另外一个题目,有机会不妨讨论讨论。今天到此为止,我们再总结一句:一个短篇小说,是一种思索方式,一种情感形态,是人类智慧的一种模样。

或者:一个短篇小说是一个短篇小说,不多,也不少。

三十六年五月六日晨四时脱稿。自落笔至完工计费约二十一小时,前后五夜。在上海市中心区之听水斋。

寄到永玉的展览会上

我与永玉不相见,已经不少日子了。究竟多少日子,我记不上来。永玉可能是记得的。永玉的记性真好!听说今年春夏间他在北京的时候还在沈家说了许多我们从前在上海时的琐事,还向小龙小虎背诵过我在上海所写而没有在那里发表过的文章里的一些句子,"麻大叔不姓麻,脸麻……"我想来想去,这样的句子我好像是写过的,是一篇什么文章可一点想不起来了!因为永玉的特殊的精力充沛的神情和声调,他给这些句子灌注了本来没有的强烈的可笑的成分,小龙小虎后来还不时的忽然提起来,两个人大笑不止。在他们的大笑里,是也可以看出永玉的力量

---

* 初刊于一九五一年一月七日香港《大公报》,初收于人民文学版《汪曾祺全集》第四卷。

来的。

上海的事情我是不能像永玉那样的生动新鲜的记得了，得要静静的细细的想，才能叫一些细节活动起来。对于永玉的画，木刻，也不能一闭目而仿佛如见之。造型艺术是直接诉诸视觉的东西，不能凭"想"的。永玉上海时期的作品，大都给过我深刻的印象，如《边城》，如《跳傩》，如《鹅城》，如《生命的疲乏》……但是我是无法在纸上或是脑子里"复现"出来的。而且，士别三日，从永玉过去的作品中来拟想这回展览的盛况是完全不合适的。我听说，也相信，永玉已经有了极大的，质的进步了。

永玉后来的作品，我一共见过两次，一是漆印的《开工大吉》；一是在沈家看见的小龙和小虎两人画像，是永玉在北京画了留下来的，现在还挂在沈家墙上，昨天我还在那里看了一会。

从小龙的，特别是小虎的像上也是可以看出这种极大的，质的进步来的。

虽然只是一个小小的五寸见方的、即兴画成的头像，可以看出来，第一，比以前更准确了。线画得更稳，更坚牢，更沉着了。如果说永玉从前有一些作品某些地方下笔的时候有着犹疑和冲动，有可商量的余地和年青的悍然不顾一切的恣意。从这幅画里我看出在这两三年中不知多少次的折腾之后,永玉赢得了把握。永玉是一个更"职业的"画家了,他永远摆脱了过去面对一个创作的时候有时未可尽免的焦灼之情了。用一句极普通的话来说,就是"老练"了。其次,在作风上,也必然的要更凝练,内省,更深更厚了些。另外,永玉在这幅画里也仍然保持一贯的抒情的调子:民间的和民族的,适当的装饰意味;和他所特有的爽亮、乐观、洁净的天真,一种童话式的快乐,一种不可损伤的笑声,所有的这一切在他的精力充沛的笔墨中融成一气,流写而出,造成了不可及的生动的新鲜的,强烈的效果。永玉的画永远是永玉的画,他的画永远不是纯"职业的"画。

这个展览必将是一个生动新鲜的,强烈的展览。

永玉是有丰富的生活的,他自己从小到大的经历都是我们无法梦见的故事,他的特殊的好"记性",他的对于事物的多情的,过目不忘的感受,是他的不竭的创作的源泉。这两三年以来中国经历了历史上所未曾有过的翻天覆地的变革,又必然的会直接对他有所影响,直接的有所影响于他的思想方法和创作方法,直接的有所影响于他的画和木刻。我不知道永玉这次展览的作品都是以什么为题材的,但是相信那怕是一幅风景或者静物,因为接受和表□上都有所改变,一定会显出新的,不同的内容和意义的。

但是因为未经目睹，无从臆测，只能说说颇为"形式"的意见了。

永玉的画和木刻的方向似乎是将要向相对的，装饰和抒怀的成分减弱，或者更恰当的说是把它们变得更深厚，而在原有的优点中更浓重的发展了现实的和古典的因素，逐渐的接近了史诗的风格，更雄大，更深刻起来了。永玉的生活，永玉的爱憎分明的正义的良心都必然□使他的画带着原有的和特有的优点，作进一步的提高。他的作品的思想性会越来越强的。这是我的，和永玉的许多朋友的希望。我们相信我们的希望一定将得到满足。

我希望永玉的展览获得成功，希望永玉能带着他的画和才能，回到祖国来，更多的和更好的为这个时代，为人民服务。

十二月四日北京

"花如灯,亮了"

汪曾祺晚年对于自己早期作品的态度偏于消极。有好奇者曾询及他昆明时期的作品,没想到碰了钉子。这很正常,"悔其少作"是作家常见的心态。

汪曾祺身后声名鹊起,学界近乎地毯式搜索之下,他的小说、散文、诗歌旧作一篇篇被钩沉出来,人们惊讶地发现:汪曾祺早年写了这么多,而且写得这么好。

回头体味下汪曾祺生前的态度,难免令人疑惑。他到底出于什么心理,不愿让人看到自己的"少作"?

本集所收书信、散文蕴含的大量信息,为恢复汪曾祺昆明时期的行实提供了重要线索。仅以致朱奎元书信来说,就包含了大量的信息。例如,汪曾祺与朱奎元交往的细节,以及他们共同所处的一个包括任振邦、吴奎、某广东女士等在内的交往圈,这是他在联大师生人际社会之外的另一个社会交际圈。又如,他一九四三年到一九四四年所经历的以"L家孩子"为对象的恋爱的一鳞半爪。再如,他在南英中学任教、为一家小报服务的短暂经历,他与时在贵州任教的初中老师顾调笙先生的交往,他当时写作而未必发表、至今无缘得见的一些集外作品的吉光片羽⋯⋯

本书中的文字,折射着青年汪曾祺的世界观与生活态度。窃以为魏晋风度、名士作派,是其中人格与风格中的主要面向。

他始终注目于自然及自然形态的生活。生活困窘,未能堵塞他审美的情怀,即如市井叫卖声,也长时期地吸引他的注意,并"因而想见种种风尘辛苦和透漏出来的聪明黠巧,爱美及一个尚能维持的生命在游戏中表现的欢愉,濒于饥寒代替哭泣的歌呼,那么准确,那么朴素无华而那么点动无尽的思念存惜,感怀触怅"。

生活方式就是言语方式,人格风采对应于艺术风格,那就是洒脱自然、率性任诞。这里面明显见出魏晋士人生活态度对汪曾祺的影响,乃至于他的文章口吻也深深沾染了魏晋人物的气质,例如他给朱奎元的信中,有一封是文

言风格的:

> 偶闻吴奎说调笙师已婚娶生二子,兹事前未之闻。则你寓居景况又当与原来设想者稍异。灯下不少谈笑,山头无由杖策,为得为失,诚未可知,李小姐亦是初中同学,或尚依稀记得我小时模样,尝谈及否?

读这样洒脱俏皮的行文,仿佛听闻《世说新语》人物声口,又仿佛展读逸笔草草、风趣幽默的王羲之友朋书札。

青年汪曾祺每每耽于玩弄尖新奇崛、充满灵感机锋的句子。例如:

> 我有一个梦,梦成一句话:"秋天是一节被删的文章。"

> 所有的东边都是西边的东边。

他后来主张"苦心经营的随便"。那么,年少时这些隽举,是语不惊人死不休的"苦吟"的结果呢,抑或灵感迸射、脱口而出的妙语?

《烧花集题记》云:"'烧花'是甚么意思,说法各听尊便可也。谁说过'花如灯,亮了',我喜欢这句话,然于'烧花'亦自是无可无不可。"这透露出,对于汪曾祺来说,句子本身可堪玩味是首要的,意义反而不重要了——他一定会无比认同"诗到句子为止"那一有名的命题。再联系到后来他一再阐发的"写小说就是写语言",我们必须正视汪曾祺为现代最早觉醒的语言中心主义者的意义。

文体有"体裁"和"风格"两个层面的内涵。汪曾祺在这两个层面上可以说都是颇富"文体自觉性"的作家。在本集中最突出体现的,是他在散文诗这一体裁上的贡献。这些充溢着印象、直觉、意识流的玄思,并孜孜追求语言趣味的作品,与同时代的同类作品相比,如丛绿点红,雪枝立鹊。

一九四三年十二月二日,汪曾祺作散文诗《烧花集》及《题记》,后者揭示了《烧花集》的性质、写法和用意。不过这一为当年下半年开启的系列散文计划并未见续篇,极有可能是孤篇而终。二十世纪四十年代,他另有一个没写几篇的《茱萸小集》系列,时隔四十多年后在台湾出版了《茱萸集》,算是圆了当年一个梦。现在我们启用他当年喜欢的"烧花"一词,冠于这一集早期散文上,也算是替作者弥补另一个遗憾吧。

徐 强
二〇二〇年六月四日

图书在版编目（CIP）数据

烧花集 / 汪曾祺著． —杭州：浙江文艺出版社，2020.12
（汪曾祺别集）
ISBN 978-7-5339-6266-1

Ⅰ. ①烧… Ⅱ. ①汪… Ⅲ. ①散文集－中国－当代 Ⅳ. ① I267

中国版本图书馆 CIP 数据核字 (2020) 第 204512 号

烧花集　　汪曾祺　著

出版策划	星汉文章　读蜜传媒				
出版统筹	金马洛	选题策划	李建新	责任编辑	瞿昌林
装帧设计	生生书房	排版制作	胡亚超	责任印制	张丽敏

出版发行	浙江文艺出版社
网　　址	www.zjwycbs.cn
联系电话	0571-85152727（发行部）
经　　销	浙江省新华书店集团有限公司
印　　刷	浙江新华数码印务有限公司
开　　本	787 毫米 ×1092 毫米　1/32
字　　数	116 千字
印　　张	6.875
插　　页	4
版　　次	2020 年 12 月第 1 版
印　　次	2020 年 12 月第 1 次印刷
书　　号	ISBN 978-7-5339-6266-1
定　　价	27.00 元

版权所有　违者必究

（如有印装质量问题，请寄承印单位调换）